Irena Osterland
Wodny Stadion

AF239347

Irena Osterland

Wodny Stadion

Roman

Ähnlichkeiten mit lebenden oder toten Personen sind rein zufällig.

Bibliografische Information der Deutschen Nationalbibliothek: Die Deutsche Nationalbibliothek verzeichnet diese Publikation in der Deutschen Nationalbibliografie; detaillierte bibliografische Daten sind im Internet über http://dnb.dnb.de abrufbar.

Lektorat & Korrektorat: Michael Krause, Berlin

Cover: KI-generiert/Dall-E

Verlag: BoD · Books on Demand GmbH, Überseering 33, 22297 Hamburg, bod@bod.de

Druck: Libri Plureos GmbH, Friedensallee 273, 22763 Hamburg

ISBN: 978-3-7693-5831-5

"Unmöglich!" sagte die Tatsache.

"Versuche es!" flüsterte der Traum.

unbekannt

für Babuschka Sina

1 ALEXEJ

Alexej nahm einen letzten tiefen Zug von seiner *Chesterfield*, dann warf er die angerauchte Kippe achtlos weg und betrat die Eingangshalle. Die lauten Geräusche überwältigten ihn: scharrende Rollkoffer, überlaute Lautsprecherdurchsagen, weinende Kinder.

Hastig zog er einen Flachmann aus seiner Manteltasche und nahm einen großen Schluck. Der Wodka brannte auf den Lippen. Die Luft war durchmischt mit den Gerüchen nach altem Schweiß, gebackenen Brezeln und frischem Kaffee. Alexej rieb sich die Augen, kniff sie zusammen und versuchte auf der Anzeigetafel Informationen zum Abflug der Aeroflot Maschine nach Berlin zu erkennen. Doch die weiße Schrift auf der LED Wand verschwamm immer wieder vor seinen Augen. Endlich konnte er die Daten entziffern: SU112 - 19:40 Uhr - Moskau - Berlin - Abfertigung.

Er kramte eine weitere Zigarette aus der Manteltasche hervor, zündete sie mit zitternden Händen an und sog den Rauch ein. Achtlos warf er die Zigarette auf den Fliesenboden und lief zur Treppe, die ins Obergeschoss führte. Dort drängte sich eine Menschenmenge zusammen. Sämtliche Rolltreppen waren ausgefallen und die

Passagiere, die in die obere Abfertigungshalle gelangen wollten, mussten die Treppe nutzen.

Alexej kam nicht voran. Er schrie ein älteres Ehepaar an, das sich direkt vor ihm die Stufen hinauf mühte. Das Paar drehte sich erschrocken um, wich zur Seite und ließ ihn gewähren. Alexej kämpfte sich weiter, und zwängte sich vorbei an jungen Frauen in schicken Pelzmänteln, elegant gekleideten Männern und Jugendlichen in Sneakern.

Oben angekommen, atmete er schwer und ihm wurde übel. Mit der rechten Hand suchte er Halt an der Lehne einer Metallbank. Sein Blick irrte dabei über die Menschenmenge. Schweißperlen rannen an seinen Schläfen entlang, das graue Hemd, das er unter dem Mantel trug, klebte auf der Brust. Er drehte sich um und entdeckte zwei Sicherheitsbeamte auf der Treppe, die sich den Weg nach oben bahnten und ihn dabei mit ihren Blicken fixierten.

Alexej versuchte, seinen Atem zu kontrollieren. Dann ließ er den Blick erneut über die Menge schweifen. Ganz hinten rechts erkannte er eine junge Frau mit roten, lockigen Haaren. Sie trug einen gelben Seidenschal um den Hals. Oh, verdammt! Die Sicherheitsschleuse. Jetzt musste er sich beeilen. Die Innenflächen seiner Hände wurden feucht und sein Herz raste. Mit dem Handrücken wischte er sich den Schweiß aus dem Gesicht und drängte sich zwischen den Passagieren vorbei zu der Stelle, an der er sie gesehen hatte. Völlig außer Atem und mit hochrotem Kopf erreichte er sie. Anna war gerade dabei, ihren Mantel auszuziehen und in den grauen Plastikbehälter für die Sicherheitskontrolle zu legen. Alexej sprang vor, packte Anna am rechten Oberarm und riss sie mit sich. Ihre Handtasche rutschte dabei von der Schulter und fiel zu Boden.

„Du bleibst hier! Du wirst nicht in diese Maschine steigen!" Seine Stimme war laut und schrill. Anna versuchte, sich aus seinem Griff zu lösen, es gelang ihr nicht.

„Was soll das, Alexej?", schrie sie angsterfüllt. „Lass mich los! Du tust mir weh!"

Neugierig beobachteten die Umstehenden die Szenerie. Aber niemand griff in das Geschehen ein. Alexej blickte sich um und erkannte die beiden Sicherheitsbeamten, die nun direkt auf ihn zukamen. Seine Hand umklammerte noch immer fest Annas rechten Oberarm.

„Du kommst jetzt mit mir, Anna!", herrschte er sie erneut an, seine Stimme bebte. „Es ist noch nicht zu spät!"

In diesem Augenblick packten die Beamten Alexej grob an den Oberarmen. „Was tun Sie hier? Was wollen Sie von der Frau?"

"Lasst mich los, ihr Penner! Das ist eine Sache zwischen ihr und mir!" Alexej versuchte verzweifelt, sich aus dem Griff der Beamten zu befreien. Annas Augen waren weit aufgerissen. Tränen liefen über ihr Gesicht. Sie beugte sich hinunter und hob ihre Tasche auf. Dabei ließ sie Alexej und die Beamten nicht aus den Augen. Ungläubig schauten diese zunächst auf Anna, dann auf Alexej, der noch immer versuchte, sich loszureißen.

„Offenbar möchte die Dame nicht mit Ihnen sprechen. Kommen Sie mit!"

"Was soll das? Lasst mich los!", brüllte Alexej.

"Mitkommen!"

Widerwillig ließ er sich von den Beamten abführen. Kurz vor der Treppe wandte er sich noch einmal um und brüllte über die Köpfe der anderen Passagiere hinweg: „Anna! Lass uns reden!"

9

Ihr Blick war fest auf den grauen Fliesenboden gerichtet. Behutsam strich sie über ihren schmerzenden Arm und murmelte leise: „Es hat doch keinen Sinn mehr, Alexej!"

2 ANNA

„Ist alles Ordnung?"

Eine sanfte Stimme drang an ihr Ohr. Überrascht drehte Anna sich um.

Ein Mitarbeiter der Flughafensicherheit schaute sie besorgt an.

„Ja, es geht mir gut." Sie hielt noch immer ihren rechten Arm fest und wandte sich ab.

Doch der Mann in der dunkelblauen Uniform ließ nicht locker. „Was ist mit Ihrem Arm? Sind Sie verletzt?"

"Ach, es ist nichts. Sicherlich nur ein paar blaue Flecken."

Anna zitterte und Schweiß trat ihr auf die Stirn. Sie ließ ihren Arm los und fasste sich mit der rechten Hand an die Schläfe.

„Kommen Sie!"

Behutsam hakte der junge Mann Anna unter und führte sie in einen Nebenraum, der sich direkt neben den Durchleuchtungsmaschinen der Sicherheitskontrolle befand. An einem langen Tisch standen zahlreiche Stühle, gleichmäßig verteilt auf beiden Seiten, am oberen Ende war die Tischplatte voll mit benutzten Kaffeetassen. Weiter hinten im Raum befand sich eine altmodische Küchenzeile.

Als sie den Raum betraten, blickte ein älterer Mann mit schütterem Haar und einer schmalen Messingbrille von seiner "Izvestia" Zeitung auf und musterte sie. Anna´s Begleiter warf dem Mann einen kalten, durchdringenden Blick zu. Der Mann verstand sofort, erhob sich und verließ lautlos den Raum.

"Bitte setzen Sie sich doch." Der junge Mann lächelte und wies auf einen Stuhl. Anna nahm Platz, ihr Blick war starr auf die Tischplatte gerichtet.

„Warten Sie hier, ich bin gleich wieder da."

Er öffnete leise die Tür und schlüpfte hinaus. Anna blieb allein zurück. Kurze Zeit später kehrte er zurück. Anna saß jetzt vornübergebeugt am Tisch und hatte den Kopf auf die Hände gestützt. Ihr rotes, lockiges Haar fiel ihr ins Gesicht. Ihr Oberkörper bebte und sie konnte ein Schluchzen nicht unterdrücken.

Der Beamte stellte zwei Becher mit Kaffee auf den Tisch. Dann setzte er sich in gebührendem Abstand neben sie, nahm seine Mütze ab und legte sie neben sich auf die Tischplatte.

Ein langes Schweigen entstand. Annas Schluchzen hallte durch den Raum. Die Geräusche von draußen aus der Abfertigungshalle waren nur gedämmt zu hören.

Der Mann rückte seinen Stuhl näher an Anna heran und reichte ihr ein Taschentuch. Dann spürte sie, wie er langsam und behutsam seine Hand auf Annas Schulter legte. Sie zuckte unmerklich zusammen, hob langsam den Kopf und sah ihn aus verweinten Augen an. Sie schämte sich für ihre Tränen und wischte mit dem Handrücken über ihre Wange. Dann atmete sie tief durch und hob den Kopf. Ihre Blicke trafen sich, er lächelte und Anna war überrascht, wie jung er ohne seine Mütze aussah. Er war höchstens Mitte Zwanzig, sein dunkelblondes kurzgeschorenes Haar hatte er in der Mitte nach oben gegelt. Seine blauen Augen strahlten Vertrauen und Autorität aus und er kam ihr irgendwie bekannt vor. Unter der dunkelblauen Uniformjacke des Sicherheitsdienstes trug er ein hellblaues Hemd mit passender dunkelblauer Krawatte, eine dunkelblaue Hose und schwarze Schuhe. Sein Gesicht war schmal und hatte noch jungenhafte Züge. Die Nase passte nicht richtig in dieses filigrane Gesicht, sie war etwas zu breit und flach, wie die eines Boxers, seine Lippen waren zartrosa, schmal und gerade.

„Was war da gerade los? Kennen Sie den Mann?", fragte er behutsam. Anna senkte den Blick und schwieg. „Atmen Sie erst einmal tief durch und trinken Sie einen Schluck. Der Kaffee wird Ihnen guttun." Er deutete auf den Becher, der vor Anna auf dem Tisch stand. Zögernd griff sie danach und nahm einen kräftigen Schluck.

„Wer sind Sie?", fragte sie unvermittelt.

„Oh, Entschuldigung, ich habe mich noch gar nicht vorgestellt. Ich heiße Anatoli Bulajew und arbeite bei der Flughafensicherheit." Der Mann lächelte und seine warmen, freundlichen Augen schauten Anna direkt an. "Erzählen Sie mir, was passiert ist?"

Anna wich seinem Blick aus und drehte nachdenklich den Kaffeebecher zwischen ihren Händen hin und her. Ihr Blick war wieder fest auf die Tischplatte gerichtet, der Kiefer angespannt. „Es ist alles in Ordnung", sagte sie knapp.

„Mehr wollen Sie dazu nicht sagen?"

Anna schwieg beharrlich. Dann stand sie so abrupt auf, dass ihr Stuhl gegen die Wand hinter ihr kippte. „Ich muss jetzt gehen. Vielen Dank für den Kaffee." Sie wandte sich zur Tür. Ihre Hände zitterten, als sie nach der Türklinke griff.

„Sind Sie wirklich in Ordnung?"

„Ja, es geht mir gut. Ich muss jetzt wirklich gehen. Mein Flug …"

„Sie haben noch etwas Zeit, glauben Sie mir. Ich muss es ja schließlich wissen." Anatoli zwinkerte und lächelte verschmitzt. Dabei zeigte er auf seine dunkelblaue Uniform. Mit einem skeptischen Blick schaute Anna ihn an.

Als Anna die Tür öffnete, drang von draußen der Lärm der Menschenmenge herein, die sich vor der Sicherheitskontrolle drängten. Sie blickte zu Boden und überlegte einen Moment. "Woher wissen Sie, welche Maschine ich nehme?"

Anatoli trat dicht an Anna heran und gab ihr zum Abschied die Hand. „Es ist sehr schade, dass Sie gehen", antwortete er, ohne auf ihre Frage einzugehen. „Ich hätte mich gern noch etwas mit Ihnen unterhalten. Ich weiß noch nicht einmal Ihren Namen. Wie heißen Sie?"

Anna zögerte. "Anna."

"Anna. Ein schöner Name!" Seine Stimme war etwas zu freundlich, fast künstlich. Anna beschlich ein mulmiges Gefühl in der Magengegend. "Es war sehr schön, Sie kennenzulernen, Anna. Vielleicht sehen wir uns später noch am Counter. Ich wünsche Ihnen einen angenehmen Flug."

„Vielen Dank." Bloß schnell weg von hier, dachte Anna, als sie mit schnellen Schritten davonging. Irgendetwas stimmte nicht mit diesem Typen. Aber das war jetzt egal.

3 ALEXEJ

Die beiden Uniformierten hatten Alexej bis zum Ausgang aus dem Flughafengebäude geleitet, ihm dann die Handschellen abgenommen und ihn mit einem harten Stoß unsanft nach draußen befördert. Vorher hatten sie ihn noch ermahnt, das Flughafengebäude heute nicht mehr zu betreten. Falls er es doch wagen sollte, würden sie ihn unter Arrest stellen. Dann wandten sich die beiden Männer um und gingen in die Halle zurück.

Die gläserne Schiebetür schloss sich mit einem leisen Surren hinter Alexej. Er schaute den Beamten grimmig durch die Scheibe hinterher und überlegte, ob er sofort zurück in die Halle gehen sollte. Es war ihm egal, dass die Beamten es ihm verboten hatten. Er war wütend und fühlte sich ungerecht behandelt. Was hatte er denn schon Schlimmes getan? Er wollte doch nur ein letztes Mal mit Anna reden. Aber diese Idioten hatten ihn davon abgehalten. Er hatte sich ihre Gesichter genau eingeprägt! Das würde Konsequenzen haben!

Seine Hand griff nach dem silbernen Flachmann in der Tasche seines grauen Wollmantels. Alexej hielt kurz inne, dann schraubte er den Deckel ab, setzte ihn hastig an die Lippen und trank einen großen

Schluck. Anschließend wischte er sich mit dem Ärmel über den Mund.

Er konnte das alles nicht begreifen. Anna war dabei, einen großen Fehler zu begehen und er hatte es nicht geschafft, sie davon abzuhalten. Was war nur in sie gefahren? Warum verdammt nochmal, wollte sie weg? Und warum unbedingt ins Ausland? Ungläubig schüttelte er den Kopf, nahm erneut einen Schluck Wodka und schaute in den rötlichen Abendhimmel.

Als er endlich die Wirkung des Alkohols spürte, schlich er wie in Trance hinüber zum Parkhaus, stieg langsam die Treppen zum obersten Parkdeck hinauf und steuerte auf seinen Wagen zu, einen alten dunkelgrünen Lada Niva.

Er holte den Autoschlüssel aus seiner Hosentasche und wollte die Fahrertür aufschließen, doch der Schlüssel klemmte im Schloss und ließ sich nicht drehen. Alexej konnte weder die Tür öffnen noch den Schlüssel wieder herausziehen. Was sollte der Mist? Hatte sich heute alles gegen ihn verschworen?

Nach einigen vergeblichen Versuchen, die Tür zu öffnen, gab er schließlich auf. Wütend und frustriert trat er mit dem rechten Fuß mehrmals gegen den vorderen Radkasten, rüttelte an den Türgriffen und hämmerte wild gegen die Seitenscheiben. Seine Verzweiflung wuchs und völlig außer sich schrie er: "Scheiße! Scheiße! Scheiße!"

Obwohl es ihm egal war, schaute er sich um, doch Alexej war allein auf dem Parkdeck und seine wütenden Schreie verhallten ungehört im dunkelroten Abendhimmel. Erneut griff er nach dem Flachmann. Doch dieser war leer. Auch das noch!

"So eine verdammte Scheiße!"

Alexej fühlte eine tiefe innere Leere, einen bohrenden Schmerz in seiner Brust, der ihn innerlich zerriss. Erschöpft sank er an der grauen Betonwand des Parkhausdecks zu Boden, lehnte sich mit dem Rücken an die Mauer und warf den Kopf nach hinten. In diesem Augenblick überwältigte ihn die Trauer über den Verlust seiner großen Liebe. Er war verzweifelt und seine Augen füllten sich mit Tränen. Er hatte Anna für immer verloren, und er wusste nicht, wie er damit fertig werden sollte. Sie war weg, hatte ihn allein gelassen und sich für ein neues Leben ohne ihn entschieden. Berlin, ausgerechnet Berlin! Anna, tu mir das nicht an! Ich brauche dich! Ich kann ohne dich nicht leben! Ein lautes Schluchzen drang aus seiner Kehle. Er zog die Knie an, ließ den Kopf hängen und weinte hemmungslos.

Es begann zu heftig zu regnen. Dicke, schwere Tropfen fielen vom Himmel und eine wahre Regenflut ergoss sich über Alexej auf dem Parkdeck. Er blieb mit dem Rücken an die Mauer gelehnt auf dem schmutzigen Betonboden sitzen und hatte nicht die Kraft aufzustehen. Er hob den Kopf, schaute in den Himmel und ließ die Regentropfen auf sein Gesicht prallen. Es dauerte nicht lange, bis der Regen ihn völlig durchnässt hatte. Doch es kümmerte ihn nicht.

Ein Leben ohne Anna erschien ihm sinnlos und leer. Was sollte er nun anfangen? Sie hatten so viele Träume geträumt, so viele Pläne für ein gemeinsames Leben geschmiedet. Doch jetzt war alles vorbei. Er hatte sie und damit den Sinn für sein Leben verloren. Das alles wurde ihm schmerzhaft bewusst. All die Monate zuvor hatte er den Gedanken von sich weggeschoben, hatte verdrängt, dass Anna erst ihn und bald auch das Land verlassen würde. Doch jetzt stürzte eine wahre Flut an Emotionen auf ihn ein. Er wollte, er konnte nicht ohne sie sein. Er wollte

17

nie jemanden so nah an sich heranlassen, nie so tief für jemanden empfinden. Denn genau das, diesen tiefen Schmerz, jemanden zu verlieren, den er liebte, wollte er nie wieder spüren. Doch seine Gefühle für Anna gingen tiefer, als er sich selbst noch vor wenigen Tagen eingestehen wollte.

Es dauerte, bis Alexej sich beruhigt hatte. Als es dämmerte, saß er noch immer auf dem Boden des Parkdecks. Hinter ihm erhob sich die Silhouette des Stadtteils Chimki mit tausenden Lichtern aus den umliegenden Hochhäusern, während über ihm die Flugzeuge beschleunigten und im dunklen Nachthimmel verschwanden.

Den Blick zum Himmel gerichtet, stellte er sich vor, wie Anna in einem der Flugzeuge über ihm saß, voller Vorfreude auf ihr neues Leben. Und er kauerte allein hier unten und vermisste sie schon jetzt mit jeder Faser seines Körpers. Er reckte seinen linken Arm nach oben, so als wollte er nach den Flugzeugen greifen.

"Anna!", schrie er aus vollem Hals und in tiefer Verzweiflung in die anbrechende Nacht. „Komm zurück! Ich liebe dich so sehr!" Der Schmerz in seiner Brust schwoll dabei so stark an, dass Alexej erneut von einem heftigen Weinkrampf geschüttelt wurde.

Er ließ den Arm sinken, richtete sich mühsam auf und trat an die Mauer, die das Parkdeck begrenzte. Langsam beugte er sich hinüber und schaute hinab. Wie hoch mochte es wohl sein? Unter ihm floss der Verkehr zäh und lärmend zum Flughafengebäude, ein nie endender Strom unzähliger Busse, Taxen und Pkws. Sie brachten Tag und Nacht neue Passagiere zum Eingang des Flughafengebäudes oder holten Zurückgekehrte ab. Wenn er sich jetzt hier hinunterstürzte, würde er ziemlich viel Aufsehen erregen, doch das konnte ihm egal sein. Es würde sowieso alles vorbei sein. All seine Probleme wären gelöst und der Schmerz würde ihn nicht mehr quälen. Und Anna? Sie würde ihn sowieso bald vergessen haben.

4 ANNA

Anna atmete tief durch und fühlte sich erschöpft. Endlich hatte sie den Sicherheitscheck hinter sich gelassen. Doch sie ärgerte sich immer noch. Was sollte diese Aktion von Alexej? Er hatte eindeutig überreagiert! Dabei war doch schon alles gesagt. Es würde keine gemeinsame Zukunft für sie beide geben und er musste es endlich akzeptieren! Anna seufzte und warf einen Blick auf ihre Armbanduhr mit dem rosafarbenen Zifferblatt. Bis zum Abflug blieb noch etwas Zeit. Sie würde sich die Zeit bis zum Boarding noch im Duty Free Shop vertreiben, vielleicht ein paar neue Düfte ausprobieren.

Plötzlich hallte eine Durchsage durch die Lautsprecher: "Achtung, Achtung! An alle Passagiere für Flug SU112 - 19:40 Uhr - Moskau - Berlin: Aufgrund einer technischen Störung bei Aeroflot verspätet sich der Abflug nach Berlin um drei Stunden. Vielen Dank für Ihr Verständnis!"

„Na großartig", seufzte Anna und fand einen Fensterplatz in einem Café. Sie bestellte bei der hübschen blonden Kellnerin einen schwarzen Tee mit Zitrone. Dann lehnte sie sich in ihrem Stuhl zurück und sah sich um. Im Café selbst herrschte eine aufgeregte, fröhliche Stimmung. Alle

Plätze um sie herum waren besetzt. Junge Leute, Familien mit kleinen Kindern und einige Ältere saßen an den kleinen weißen runden Tischen, unterhielten sich angeregt und lachten.

Anna´s Blick blieb bei einem älteren Ehepaar am Nebentisch hängen. Sie tranken schwarzen Tee und aßen Pelmeni. Die beiden ließen sich Zeit mit ihrer Mahlzeit und unterhielten sich angeregt. Was Anna sofort auffiel, war, dass die beiden von Zeit zu Zeit ihr Gespräch unterbrachen und sich einfach nur liebevoll anschauten, wobei der Mann immer wieder die Hand der Frau in seine nahm und ihr dabei verliebt in die Augen sah.

Anna wurde warm ums Herz. Es war sichtbare Liebe. Vermutlich hatten die beiden ihr ganzes Leben miteinander geteilt, hatten viele Kinder und Enkelkinder. Und vielleicht wohnte ein Teil der Kinder im Ausland und sie würden sie jetzt besuchen.

Anna´s Herz wurde schwer. War das nicht der Sinn des Lebens? Ein Ziel, für das es sich lohnte, zu leben? Seite an Seite mit dem Menschen, der einen um seiner selbst willen liebte, auch wenn man mit den Jahren alt, grau und schrumpelig geworden war? Ein sicherer Hafen in dieser unruhigen Welt, jemanden, für den man da sein konnte, um den man sich sorgte, bei dem man sich aber auch anlehnen und fallen lassen konnte, was immer passierte? Dazu ein gemütliches Heim mit vielen Kindern, die das Glück noch vergrößerten?

Anna´s Augen füllten sich mit Tränen. Ich bin noch nicht in dem Leben angekommen, das ich mir wünsche, dachte sie und wischte sich verstohlen die Tränen aus den Augen.

Alexej tauchte plötzlich vor ihrem inneren Auge auf. Sie wollte nicht mehr an ihn denken, wollte alles hinter sich lassen. Ihre Beziehung war endgültig vorbei, es war zu viel passiert. Sie hatte Alexej verlassen und jetzt würde sie ein neues Leben in Deutschland beginnen.

Anna fühlte sich auf einmal verloren zwischen all den fröhlichen, aufgeregten und gelösten Menschen um sie herum und sie begann zu zweifeln. Sie liebte ihre Heimat. Sollte sie wirklich weggehen? War es richtig? Oder doch in Moskau bleiben, sich aufrappeln, die Scherben ihres Lebens aufsammeln, einen Neuanfang mit Alexej wagen und dem Schicksal die Stirn bieten? Nein, sie wollte weg und alles war organisiert. Sie wollte und konnte jetzt keinen Rückzieher machen. Kurz ärgerte sie sich über ihre Zweifel, dabei stand sie doch kurz vor dem Abflug in ihr neues Leben.

Anna's Blick schweifte durch die großen Fenster hinaus zum Rollfeld. Die grellen Scheinwerfer des Towers spiegelten sich in den großen dunklen Regenpfützen auf dem Asphalt. Etwas entfernt beschleunigten die Flugzeuge und starteten im Minutentakt in den Nachthimmel und flogen wie an einer Perlenkette aufgefädelt, zu fernen Zielen davon. Flughäfen waren wie das Leben, dachte Anna, ein ständiges Kommen und Gehen, Willkommen und Verabschieden, alles war ständig in Bewegung.

Anna hob langsam die rechte Hand und berührte sanft mit den Fingerspitzen das kalte Fensterglas. Ja, es war schwer, dieses Land, ihre Heimat, die vertraute Umgebung und vor allem die Menschen, die sie liebte, zu verlassen.

Das letzte Gespräch mit ihrer Mutter kam Anna in den Sinn. Sie hatte so lange wie möglich gezögert, sie in ihre Pläne einzuweihen. Doch vier Wochen vor der geplanten Abreise fasste Anna sich beim Abendessen endlich ein Herz, nahm allen Mut zusammen und begann mit zitternder

Stimme: „Mama, ich werde nach Deutschland auswandern und in Berlin eine Stelle bei einem deutschen Verlag antreten."

Endlich war es heraus, dieser bedeutungsvolle Satz, der alles verändern würde. Hatte sie ihn wirklich ausgesprochen? Von einem Moment auf den anderen fühlte Anna sich kraftlos und erschöpft. Ihr Herz schmerzte. Wie würde ihre Mutter auf diese Neuigkeit reagieren?

Diese saß ihr kerzengerade am Küchentisch gegenüber, hielt beim Umrühren ihres Tees inne und erstarrte. Über ihre Augen legte sich ein dunkler Schatten und ein kaum merkliches Zittern erfasste ihre rechte Hand, mit der sie die Teetasse hielt. Langsam und sichtlich darum bemüht, die Fassung zu bewahren, stellte sie die Tasse vor sich auf der grauen Tischplatte ab.

Sina-Ida Kasarina, Veteranin des Zweiten Weltkrieges und leitende Oberschwester auf der psychiatrischen Station des Krankenhauses Nr. 5, hatte sich immer im Griff. Tamara kannte es nicht anders. Keine Gefühle zeigen, nur so kam man durch. Das hatte ihre Mutter im Krieg gelernt und danach lebte sie bis heute.

Ihre Gesichtszüge waren wie erstarrt. Nur ein paar kaum sichtbare Zuckungen um ihren Mund verrieten ihre innere Anspannung. In ihren Augen, zweifarbig, eines braun, das andere grün, lag so viel Schmerz, dass es Anna das Herz brach.

Langsam und majestätisch erhob sich Sina-Ida vom Küchenhocker und trat an das kleine Fenster. Ihr Blick wanderte hinaus auf ein Birkenwäldchen und eine vielbefahrene Straße. Und obwohl sie einige Augenblicke regungslos am Fenster verharrte, konnte Anna spüren, wie sehr ihre Mutter nach Worten suchte und um ihre Fassung rang.

Anna´s Blick ruhte auf dem Rücken ihrer Mutter. Die Spannung, die den

23

gesamten Raum erfüllte, war kaum zu ertragen. Innerlich versuchte Anna, sich gegen die folgende Reaktion zu wappnen. Egal, wie ihre Mutter auf ihre Ankündigung reagieren würde, ihr Entschluss stand fest. Sie würde nicht nachgeben. Es ging um ihr Glück und um ihre Zukunft. Anna's Herz zog sich zusammen. Sie musste endlich anfangen, ihr eigenes Leben zu leben, frei und ohne jegliche Einmischung ihrer Mutter.

Sina-Ida strich mit der rechten Hand langsam über ihren Kopf, überprüfte, ob sich auch keine Haarsträhne aus ihrem Dutt gelöst hatte. Dann zog sie eine Haarnadel aus ihrem perfekten Dutt am Hinterkopf und setzte sie an fast der gleichen Stelle wieder neu ein, obwohl es gar nicht nötig gewesen wäre. Der Dutt saß wie immer tadellos in ihrem Nacken.

„Wann?" Die Stimme ihrer Mutter durchschnitt leise und kraftlos die drückende Stille. Sina-Ida hatte sich bei dieser Frage nicht zu Anna umgedreht, sie starrte noch immer nach draußen auf das Birkenwäldchen.

„Am 1. September."

„Und Alexej?"

„Ach Mama! Wir sind nicht mehr zusammen! Ich habe mit ihm Schluss gemacht!"

"Warum?"

„Es ist kompliziert! Ich will nicht darüber reden!"

„Achso, es ist kompliziert! Deswegen willst du weg? So löst man keine Probleme, mein Kind! Was auch immer zwischen euch vorgefallen ist, ihr müsst es klären!"

Anna schüttelte den Kopf. Sie wollte und konnte ihrer Mutter nicht die wahren Gründe der Trennung von Alexej offenbaren. Denn das, was sie vor zwei Monaten zufällig über Alexej´s Leben herausgefunden hatte, hatte sie zutiefst erschüttert. Die neue Arbeitsstelle in Berlin war die perfekte Gelegenheit, alles hinter sich zu lassen und in der Fremde ein neues Leben zu beginnen. Anna schluckte.

„Du willst nicht darüber reden. Na gut! Aber warum ausgerechnet Berlin?" Sina-Ida wartete die Antwort ihrer Tochter nicht ab. Plötzlich und unvermittelt wandte sie sich um und fixierte Anna mit einem zornigen Blick. Dann atmete sie tief ein und begann mit bebender Stimme: „Ach, die Deutschen! Diese miesen Verräter! Sie haben uns und die ganze Welt ins Unglück gestürzt! Sie konnten den Hals nicht voll kriegen, waren völlig besessen von ihrer Ideologie und von der irrsinnigen Idee, den gesamten Erdball zu beherrschen. Millionen Tote, so viel Schmerz, Zerstörung und Elend. Gekämpft haben sie, die jungen Soldaten, sie standen sich an der Front gegenüber und mussten sich gegenseitig erschießen. Sie hätten die besten Freunde werden können, wenn der Krieg nicht gewesen wäre. Dieser Wahnsinn! Dieses Leid ist nie wieder gutzumachen. Aber das könnt ihr jungen Leute nicht verstehen. Und jetzt willst du in diesem Land leben! Mein einziges Kind geht in das Land der Feinde und lässt mich hier allein zurück! Ich fasse es nicht, Anna! "

Ihre Stimme war jetzt laut und schrill. Eine tiefe Bitterkeit und eine maßlose Enttäuschung klangen durch und schnitten Anna wie ein Messer ins Herz. Sina-Ida atmete schnell und ihre Hände erfasste ein unkontrolliertes Zittern. Sie senkte den Blick und Anna glaubte, ein leises Schluchzen zu hören.

25

„Ach Mama …!"

Anna erhob sich und machte einen Schritt auf Sina-Ida zu. Sie wollte ihre Mutter in die Arme nehmen, sie halten und trösten und ihr sagen, dass sie sie liebte. Doch Sina-Ida wich der Tochter aus und verließ, erhobenen Hauptes und ohne ein weiteres Wort zu verlieren, den Raum. Anna blieb allein in der Küche zurück und sank auf einen Hocker. Sie konnte ihre Tränen nicht mehr zurückhalten. Nur mit Mühe unterdrückte sie ein Schluchzen und schob sich schnell eine Scheibe Brot in den Mund. Doch die Tränen liefen und ihr Brustkorb bebte. Nebenan hörte sie, wie ihre Mutter das Bettzeug auf schüttelte und mahnend nach ihr rief:

„Kommst du Anna? Es ist schon spät!"

Obwohl Anna schon 28 Jahre alt war, achtete ihre Mutter weiterhin peinlich genau auf die Einhaltung der Schlafenszeit. Ein Streitthema seit jeher, denn beide mussten aus Platzmangel im Wohnzimmer schlafen.

„Ja, gleich Mama …!"

Wie ein trotziges Kind wischte sie sich mit dem Ärmel ihres Wollpullovers die Tränen aus dem Gesicht. In ihrer Hosentasche fand sie ein zerknülltes Taschentuch und schnaubte hinein.

Dann erhob sie sich, räumte den Tisch ab und machte sich daran, das Geschirr zu spülen. Sie brauchte jetzt unbedingt eine Beschäftigung, das Gespräch hatte sie zu sehr aufgewühlt, um sich schlafen zu legen. Die Vorwürfe ihrer Mutter hatten sie tief verletzt. War sie zu egoistisch? War es falsch, dass sie ihr eigenes Leben leben wollte, fernab der Heimat? War es doch nur eine Flucht? Lief sie vor ihren Problemen davon und ließ sie dabei alle Menschen, die sie liebten, im Stich - ihre Mutter, Alexej, ihre beste Freundin Nadja?

Doch so sehr sie sich auch bemühte, sie konnte sich nicht beruhigen. Immer wieder füllten warme, salzige Tränen Anna's Augen und verschleierten den Blick. Sie warf die Spülbürste ins Abwaschwasser, trocknete sich die Hände ab und ließ sich erneut auf dem Hocker am Küchentisch nieder. Schmerz und Trauer überwältigten Anna. Sie stützte den Kopf in die Hände und begann hemmungslos zu weinen.

„Anna, wo bleibst du denn?"

„Ich bin gleich da! Ich räume nur noch etwas auf."

Schnell erhob sie sich vom Hocker, spülte weiter das Geschirr, räumte auf und bereitete alles für das Frühstück am nächsten Morgen vor.

Als sie fertig war, ging sie hinüber ins Bad, wusch sich und putzte sich die Zähne. Dann öffnete sie leise die Tür zum Wohnzimmer, lauschte in das halbdunkle Zimmer und hörte das gleichmäßige schwere Atmen ihrer Mutter. Auf Zehenspitzen schlich sie zu ihrem Schlafplatz, einem alten, durchgesessenen Sofa in der hinteren Zimmerecke. Sie legte sie sich hin und deckte sich mit dem frischen, herrlich duftenden Baumwolllaken zu. Ein Oberlicht war geöffnet und die zarte, durchsichtige Gardine flatterte sanft in der schwülen Nachtluft. Von draußen drang gedämpft Verkehrslärm von hupenden Autos und ratternden Straßenbahnen ins Zimmer. Diese Stadt schlief nie. Müde und erschöpft schloss Anna die Augen und sank kurz darauf in einen tiefen, traumlosen Schlaf.

Mitten in der Nacht wurde sie durch ein Geräusch geweckt. Sie setzte sich auf und lauschte. Weinte ihre Mutter?

„Was hast du Mutter?", fragte sie leise in die Dunkelheit des Zimmers hinein.

27

Keine Antwort, nur ein leises unterdrücktes Schluchzen. Sie versuchte es noch einmal.

„Was ist los, Mama? Hast du Schmerzen?"

„Es ist nichts, schlaf weiter!"

Anna sank in die Kissen zurück und ihre Augen füllten sich mit Tränen. Es dauerte lange, bis sie wieder einschlafen konnte.

Und jetzt war sie hier, am Flughafen und bereit für den Aufbruch in ihr neues Leben. Sie hatte sich am Morgen, vor wenigen Stunden, in der Wohnung von ihrer Mutter verabschiedet. Der Abschied war kurz. Sina-Ida mochte keine langen, herzzerreißenden Abschiede. Sie nahm ihre einzige Tochter fest in die Arme und schaute ihr dann tief in die Augen. Der Schmerz der ganzen Welt war in diesen Augen zu sehen. Dann sagte sie mit fester Stimme: „Pass auf dich auf meine Kleine!"

Anna zog ihren roten Mantel enger um ihren Oberkörper und wischte sich die Tränen weg. Dann erhob sie sich, nahm ihren Rollkoffer und schlug den Weg zum Gate ein.

5 ALEXEJ

Seit Stunden kauerte Alexej zitternd vor Kälte und zusammengesunken an der Mauer auf dem oberen Parkdeck. Aus dem dunkelblauen Nachthimmel über ihm fielen noch immer große, träge Regentropfen. Er hatte es nicht fertiggebracht, über die Mauer zu klettern, sich in die Tiefe zu stürzen und sein Leben auf diese Weise zu beenden.

Langsam richtete er sich auf und erschrak, als sein Blick auf seine Finger fiel. Die Fingerkuppen waren aufgerissen und blutig. Das musste passiert sein, als er sich Stunden zuvor beim Hinabbeugen am rauen Beton der Mauer festgeklammert hatte. Unschlüssig und unfähig eine Entscheidung zu treffen, ob er weiterleben oder sterben wollte. Doch letztlich hatte sein Lebenswille gesiegt. Jetzt stand er aufrecht, zitterte am ganzen Körper vor Kälte, fühlte sich schwach und hatte Mühe, sich auf den Beinen zu halten.

Der weiße Hoodie und die Bluejeans klebten an seinem Körper. Der graue Wollmantel war mit zahlreichen Dreckspritzern übersät.

Plötzlich hörte er Schritte. Er hob den Blick und entdeckte am anderen Ende des Parkdecks zwei Personen, einen Mann und eine Frau, die abfällig zu ihm hinüberschauten und eilig zu ihrem Wagen gingen.

Auch er musste weg von hier. Hastig durchsuchte er seine Taschen und fand den Autoschlüssel.

Jetzt musste er sich konzentrieren. Wo hatte er den Wagen abgestellt? Richtig, ein paar Meter entfernt entdeckte er den dunkelgrünen Lada Niva. Mit wackeligen Beinen steuerte er darauf zu.

Der Wagen war schon etwas in die Jahre gekommen, aber immer noch fahrtüchtig. Sicher, er hatte einige Roststellen, der Sicherheitsgurt an der Fahrerseite schloss nicht mehr und die Innenbeleuchtung war kaputt. Trotzdem war der Wagen sein ganzer Stolz. Vorsichtig steckte er den Schlüssel ins Schloss und betete, dass es dieses Mal keine Schwierigkeiten geben würde. Die Fahrertür öffnete sich sofort.

Erleichtert zog Alexej Mantel und Jeans aus und warf beides auf die Rückbank. Dann setzte er sich, nur mit Hoodie und Unterhose bekleidet, auf den Fahrersitz. Sein Körper bibberte noch immer vor Kälte. Mit zittrigen Fingern versuchte er, den Motor zu starten. Doch der Wagen sprang nicht an.

„Komm schon, lass mich jetzt nicht hängen", flüsterte er beinahe zärtlich und berührte sanft das Armaturenbrett. Alexej hatte den Aberglauben, dass man Dinge gut behandeln sollte, damit sie lange hielten und einen nicht in entscheidenden Momenten im Stich ließen. Er redete weiter behutsam auf den Wagen ein und nach einigen weiteren Versuchen sprang der Motor endlich an.

„Ich liebe dich, du alte Rostlaube", lachte Alexej und streichelte freundschaftlich über das schwarze Plastiklenkrad. Schnell drehte er die Heizung auf volle Leistung und schaltete das Radio ein. Die ersten Takte von *Umbrella* hallten durch den Fahrzeuginnenraum. *Na großartig. Das passte ja.* Zu diesem Lied hatten er und Anna oft zusammen in der

Küche auf der Datscha getanzt. *"When the sun shines, we´ll shine together … I´ll be there forever … We still have each other … You can stand under my umbrella … ella … ella … eh … eh … eh"*, trällerte Rihanna. Ja, ja du blöde Kuh! Das kann doch alles nicht wahr sein! Ärgerlich drückte er auf den grauen Knopf und schaltete das Radio aus.

Kurze Zeit später rollte der Lada die Rampe hinab, verließ das Parkhaus und bog nach rechts auf die Stadtautobahn. Alexej trat auf das Gaspedal und der Lada beschleunigte. Es begann erneut zu heftig zu regnen. Doch jetzt war der Niederschlag so stark, dass die Scheibenwischer es nicht mehr schafften, die Wassermassen von der Frontscheibe zu wischen. Alexej drosselte das Tempo und hatte Mühe, den Wagen in der Spur zu halten. Der Regen behinderte die Sicht auf die Fahrbahn und auf die Schilder am Straßenrand. Hinzu kam, dass Alexej immer noch fror. Die Heizung brauchte lange, um das Fahrzeuginnere aufzuheizen. Das Prasseln der Regentropfen auf die Windschutzscheibe, die Wasserfontänen links und rechts, das alles war wie ein langer weißer Tunnel, in den Alexej immer tiefer hineinfuhr. Das Rauschen drang von außen ins Wageninnere, beruhigte ihn und versetzte Alexej in einen tranceartigen Zustand. Er hatte bald die Orientierung verloren und es war ihm auch egal, wohin er fuhr. Denn er hatte das Gefühl für Raum und Zeit verloren, wollte immer weiter fahren und nie ankommen. Inzwischen war es angenehm warm im Auto. Alexej zitterte nicht mehr und fühlte sich auf sonderbare Weise geborgen. Sein Körper begann, sich zu entspannen. Er spürte eine physische Berührung, ein zartes Streicheln an seinem Arm. Und er hörte Anna´s Stimme. Sie flüsterte zärtlich seinen Namen. Alexej´s Herzschlag beschleunigte sich und sein Verlangen nach Anna wurde unerträglich. „Anna, du fehlst mir! Ich vermisse dich so sehr!", flüsterte er leise und wischte sich trotzig die Tränen aus dem Gesicht. Verbissen krallte er die Finger fester in das Lenkrad und versuchte sich abzulenken, indem er sich auf den Regen und die Straße konzentrierte. Doch es gelang ihm nicht. Seine Gedanken schweiften immer wieder in die Vergangenheit, zu glücklichen Tagen, als er gemeinsam mit seinem Freund Vitali an der Lomonossow Universität in Moskau Informatik studierte, mit ihm an den Wochenenden durch die Clubs der Hauptstadt zog, im Kanu auf der Moskwa paddelte oder beim Unisport Volleyball spielte.

Alexej liebte diesen Sport seit der Schulzeit: das Zustellen, Baggern und die schnellen Angriffsschläge über das Netz mochte er besonders. Und das Beste daran war Volleyball als Sportart im Team zu spielen. Das machte es einfacher, neue Leute kennenzulernen und ins Gespräch zu kommen. Im Frühling und im Herbst, zu Beginn eines neuen Semesters, kamen neue Mitspieler hinzu. Es war ein ständiges Kommen und Gehen.

6 ALEXEJ

Zu Beginn des Frühjahrssemesters, vor etwas mehr als drei Jahren, war Anna das erste Mal dabei gewesen. Sie war ihm sofort aufgefallen. Vom ersten Moment, als sie die Halle betrat, konnte er den Blick nicht von ihr abwenden, war sofort gefangen von ihrer Erscheinung, den roten lockigen Haaren, den warmen braunen Augen und dem umwerfenden Lächeln. Sie war sehr süß in ihrem violetten Trikot, den kurzen schwarzen Hotpants und den Knieschützern.

Sie kam regelmäßig in Begleitung ihrer Freundin zum Training. Kurz darauf spielten er zusammen mit ihr in einer Mannschaft und erfuhr endlich ihren Namen: Anna.

Eines Tages unterhielt Alexej sich in einer Trainingspause mit Vitali am Spielfeldrand. Dabei ließ er seinen Blick so unauffällig wie möglich durch die Halle und zu Anna schweifen. Zu seiner Überraschung erwiderte sie seinen Blick und ein zaghaftes Lächeln umspielte ihre Lippen. Er wollte den Blick sofort wieder von ihr lösen, doch der fröhliche, sympathische Ausdruck in ihren Augen zog ihn sofort in ihren Bann.

Eine Woche später, an einem warmen Frühlingstag Ende April, wartete er nach dem Training vor der Sporthalle auf Anna. Sie trat gemeinsam mit ihrer Freundin Nadja aus der Tür. Die beiden Frauen waren in ein Gespräch vertieft und blieben einige Minuten am Eingang stehen. Nadja verabschiedete sich und Anna blieb allein zurück. Sie trug noch immer ihre Sportkleidung. Mit einem nachdenklichen Gesichtsausdruck ließ sie ihren Blick über den leeren Parkplatz schweifen, der von den letzten Strahlen der Abendsonne in ein warmes Licht getaucht war.

Offenbar hatte sie es nicht eilig, nach Hause zu kommen.

Alexej lehnte geschützt, in seinem schwarzen Hoodie mit dem Rücken an einem Laternenpfahl und rauchte. Die Glut leuchtete auf, als er einen Zug von seiner Zigarette nahm. Graue Rauchschwaden schwebten nach oben und verflüchtigten sich in den dunkelroten Himmel.

Alexej löste sich vom Laternenpfahl, warf lässig seine Zigarette weg und steuerte direkt auf Anna zu. Als er sie erreicht hatte, stellte er seine Sporttasche vor sich auf den Boden.

Sie standen sich jetzt direkt gegenüber und ein schüchternes Lächeln huschte über ihr Gesicht. Alexej war nervös, er räusperte sich, seine Coolness war dahin. Verdammt! Er wollte es nicht vermasseln. Was sollte schon passieren? Doch in diesem Moment wusste er nicht so recht, wie er anfangen sollte.

"Hey." *Wie einfallsreich! Bestimmt hielt sie ihn jetzt für einen absoluten Langweiler. Aber weiter, nicht aufgeben!*

"Hey."

"Na, wie hat dir das Training heute gefallen?"

"Ganz gut, aber die Erwärmung und besonders der Kraftkreis waren wieder ganz schön heftig. Ich bin total k.o. und werde morgen bestimmt einen heftigen Muskelkater haben."

"Der Trainer fordert uns ganz schön, das stimmt. Aber das liegt daran, dass der Kurs überfüllt ist. Sie haben zu viele Teilnehmer zugelassen. Aber glaub mir, es wird besser werden."

"Wie meinst du das?"

"Ein paar Wochen musst du noch durchhalten, dann hören viele wieder auf, weil sie keine Lust auf den Kraftkreis und die Technikübungen haben. Die wollen nur spielen."

"Echt? Ich hatte heute auch schon keine Lust mehr und wäre am liebsten wieder gegangen."

"Glaub mir, das hättest du bereut. Sergej ist ein sehr guter Trainer. Von dem kannst du einiges lernen. Ich kenne ihn schon lange, er ist ein Kommilitone von mir. Der ist voll in Ordnung! Und beim nächsten Mal werden wir auch mehr spielen."

"Ah, ok!"

Ein unangenehmes Schweigen entstand. Alexej nestelte nervös an der Kordel seines Hoodies herum. Fieberhaft überlegte er, wie der das Gespräch fortsetzen könnte. Zu seiner Überraschung half Anna ihm, indem sie das Thema wechselte.

"Was studierst du?"

"Informatik, zweites Semester. Und du?"

"Literaturgeschichte."

"Aha. Das klingt ehrlich gesagt etwas verstaubt." Er grinste. Das Eis war gebrochen.

"Gar nicht!", protestierte Anna. Sie lachte. Er mochte dieses unbeschwerte, fröhliche Lachen.

"Diese Antwort höre ich nicht zum ersten Mal. Aber ist schon ok. Damit kann ich leben."

"Gefällt dir das Studium?"

"Ich liebe es!" Bei diesen Worten strahlten ihre warmen braunen Augen. Dieser Ausdruck und ihre Begeisterung faszinierten Alexej und lösten etwas in ihm aus - ein Gefühl, eine Wärme, die er lange nicht gespürt hatte. Lange war er nicht fähig gewesen, überhaupt etwas zu fühlen.

Plötzlich wandte Anna den Blick ab und schaute auf das Display ihres Smartphones.

"Oh, schon so spät! Ich muss leider gehen. Heute Abend muss ich noch eine Hausarbeit fertig schreiben."

"Dann wird es eine kurze Nacht für dich! Ich wünsche dir viel Erfolg!"

"Danke." Anna strahlte ihn noch einmal an, bevor sie sich umdrehte und über den Parkplatz davon eilte.

"Dann bis nächsten Dienstag beim Training?" rief Alexej ihr nach.

"Ich denke schon."

Er lächelte zufrieden, warf seine Sporttasche über die Schulter und begab sich zu seinem grünen Lada Niva, den er direkt vor dem Halleneingang geparkt hatte. Dann startete er den Motor und machte sich auf den Heimweg.

Eine Woche später wartete Alexej erneut nach dem Training vor der Halle auf Anna.

"Hey! Du warst echt gut heute!"

"Oh, danke! Du warst aber auch gut!"

"Naja, ich habe heute beim Angriff einige Male danebengehauen und die Angaben waren auch nicht der Hit." Alexej kratzte sich verlegen am Kopf und räusperte sich. Jetzt oder nie. "Hast du vielleicht mal Lust auf einen Kaffee mit mir vor dem nächsten Training?"

Überrascht schaute Anna ihn an. Sie überlegte kurz. "Äh ja, sehr gern! Und wo?"

"Drüben in Gebäude 40 gibt es einen Kaffeeautomaten."

"Das wusste ich gar nicht."

"Dann treffen wir uns am nächsten Dienstag, ungefähr eine halbe Stunde vor dem Training, so gegen 19:30 Uhr?"

"Alles klar."

"Großartig."

7 ALEXEJ

"Hey, schön dich zu sehen!" Er lächelte, breitete die Arme aus und begrüßte sie mit einer sanften Umarmung.

"Hallo!" Ein schüchternes Lächeln umspielte ihre Lippen und ihre dunklen braunen Augen hatten wieder diesen warmen und unschuldigen Ausdruck.

Sie gingen über den Parkplatz und betraten das Gebäude für die Geisteswissenschaften. Im Keller des vierstöckigen Gebäudes befand sich ein Kaffeeautomat.

Kurz darauf verließen sie, jeder mit einem braunen Pappbecher in der Hand, das Gebäude und standen wieder auf dem Parkplatz in der Nähe des Halleneingangs. Ein kühler Wind wehte über das weitläufige Unigelände und Anna klappte den Kragen ihres Mantels nach oben.

"Ist dir kalt?"

"Ein wenig, aber das macht nichts."

"Wir können uns gern ins Auto setzen. Ich mache die Heizung an. Das ist vielleicht ein bisschen angenehmer als hier draußen in der Kälte zu stehen."

"Das klingt gut."

Wie unkompliziert sie ist, dachte Alexej. Und noch dazu attraktiv und klug. Doch er war vorsichtig. Er wollte sie erst einmal in Ruhe kennenlernen. Seine Intuition täuschte ihn selten, er konnte Menschen gut einschätzen. Und in Anna sah er jemanden, dem er Vertrauen konnte. Vielleicht hatte er endlich jemanden gefunden, der ihn wirklich verstand.

In den darauffolgenden Wochen trafen sie sich regelmäßig vor dem Volleyballtraining am Kaffeeautomaten. Alexej freute sich jedes Mal auf das Treffen. Sie verstanden sich auf Anhieb, redeten über Gott und die Welt, erzählten sich von ihren Hobbys - Anna liebte Literatur, Alexej war ein glühender Fan des Eishockey Clubs ZSKA Moskau.

Im Laufe der Zeit wurden ihre Gespräche tiefgründiger. Alexej brachte Anna mit Anekdoten aus seiner Kindheit und Jugend zum Lachen. Er erzählte ihr, wie er sich mit seinem besten Freund Vitali schon am ersten Schultag geprügelt hatte, weil er ihn nicht leiden konnte, aber dass sie kurz darauf die besten Freunde wurden und wie dankbar er für diese Freundschaft war.

Oder dass er als Jugendlicher aus Angst vor bösen Männern in seinem Stadtteil immer einen Stein in der Tasche mit sich trug, wenn er abends allein und im Dunkeln von der Metrostation nach Hause ging.

Sogar die Geschichte von der ausgesetzten Katze im Regen, für die er seinen Schulranzen ausgeräumt hatte, um sie sicher und trocken mit nach Hause zu nehmen, erzählte er ihr und von den unschönen Konsequenzen: Er hatte die Schulbücher mitten auf dem Gehweg im strömenden Regen zurückgelassen. Das hatte ihm einigen Ärger mit seiner Mutter eingebracht, doch es war ihm egal gewesen. Er hatte ein Lebewesen gerettet. Was zählten da schon Schulbücher?

Diese Geschichten kannte kaum jemand aus seinem Umfeld. Und je mehr Geschichten aus seinem Leben er Anna anvertraute, desto intensiver spürte er eine tiefe Verbundenheit zu ihr. Er fühlte sich angenommen und verstanden. Anna war eine wichtige Person in seinem Leben geworden und er träumte von einer Beziehung mit ihr. Doch er hatte zu große Angst, ihr seine Gefühle zu offenbaren, weil er nicht wusste, ob sie auch etwas für ihn empfand. Also beließ er es erst einmal bei einer Freundschaft. Alles andere, so hoffte er, würde sich irgendwie im Laufe der Zeit ergeben.

Während sie sprachen, verging die Zeit und oft mussten sie sich beeilen, um pünktlich in die Halle und zum Training zu kommen.

8 ALEXEJ

„Nein, nein, nein!" Alexej schlug mit der flachen Hand mehrmals heftig auf das Lenkrad. Er spürte ein beklemmendes Gefühl der Verlassenheit und wollte dieses unangenehme Gefühl mit aller Macht unterdrücken. Er durfte nicht mehr in der Vergangenheit leben. Doch der Gedanke, Anna nie wieder in seinen Armen zu halten, ihr weiches lockiges Haar zu berühren und ihren Atem an seiner Wange zu spüren, tat ihm unendlich weh. Von nun an war sie nicht mehr Teil seines Lebens und würde es nie wieder sein. Das war die Realität und er musste es akzeptieren.

Alexej war so in seinen Gedanken versunken, dass er die Warnbarken für die Baustelle mitten auf der Straße übersah. Ruckartig versuchte er, das Lenkrad herumzureißen, doch der Wagen touchierte mit der Stoßstange eine Barke und schob sie ein kleines Stück zur Seite. Dann sah er die Schilder der Umleitungsstrecke, die anzeigten, an dieser Stelle vom Ring herunterzufahren und den Weg durch das angrenzende Stadtviertel fortzusetzen.

Am Fenster zogen jetzt Hochhäuser, Geschäfte, Bars und Restaurants vorbei. Alexej spürte auf einmal, wie hungrig er war. Einige Augenblicke später entdeckte er auf der rechten Straßenseite einen

Supermarkt. Er parkte den Wagen auf dem Parkplatz. Bevor er ausstieg, zögerte er und sah an sich herunter. Seine Hose und sein Mantel lagen auf der Rückbank und waren immer noch nass und schmutzig. Aber es blieb ihm nichts anderes übrig, als sich die feuchten Klamotten überzustreifen.

Kurz darauf betrat er den Supermarkt und lief hastig an den Regalen entlang. Die feuchte Hose und klebte unangenehm kalt an seinen Beinen, aus dem Mantel tropfte es auf den Boden. *Egal.* Er schnappte sich aus der Spirituosenabteilung zwei Flaschen Wodka und nahm drei Salami Sandwiches aus dem Kühlregal. An der Kasse entschied er sich spontan noch für eine Tüte Kartoffelchips. Die Kassiererin, eine ältere Dame im Alter seiner Mutter mit verhärmtem Gesicht, müden Augen und hängenden, strähnigen grauen Haaren, schaute erst auf seine Kleidung und sah ihn dann abschätzig an. Alexej grinste übertrieben. Als er bezahlen wollte und sein Portemonnaie öffnete, fiel ein Foto von Anna heraus. Er schluckte, dann bückte er sich, hob es auf und stopfte es wieder in seine Geldbörse. Schnell packte er alle Einkäufe in eine weiße Plastiktüte, bezahlte und verließ den Supermarkt.

Am Auto angekommen, zog Alexej Mantel und Hose aus und setzte sich wieder auf den Fahrersitz. Ungeduldig schraubte er die Wodka-Flasche auf und nahm einen großen Schluck. Der Alkohol brannte in der Kehle und erzeugte ein brennendes Gefühl in der Magengegend. Hastig vertilgte er die Sandwiches und spülte mit dem Wodka nach. Die Chipstüte hob er für später auf.

Als er fertig war, hatte er noch immer keine Idee, was er tun und wohin er fahren sollte, um sich von seinem Kummer abzulenken. Alexej spürte ein beklemmendes Gefühl in seiner Brust. Er musste dieses Gefühl betäuben und nahm einen weiteren Schluck Wodka. Also entschied er, die ganze Nacht ziellos in der Stadt herumzufahren. Das hatte er in der Vergangenheit schon öfter getan und es half ihm, den Kopf freizubekommen. Er wollte nicht über die nächsten Tage, Wochen oder gar Monate nachdenken. Das alles war weit weg. Als er kurz darauf die Wirkung des Alkohols spürte, fühlte er sich besser, wie in Watte gepackt und vor der Außenwelt geschützt. Niemand konnte ihm etwas anhaben. Die Laternen auf dem Supermarktparkplatz spiegelten sich in dem kaputten Asphalt und alles verschwamm zu einem merkwürdigen Gebilde. Alexej´s Augen brannten. Er war todmüde und lehnte den Kopf auf das Lenkrad. Nur kurz ausruhen, dachte er und bald darauf fielen ihm schon die Augen zu.

9 ALEXEJ

Ein leises Klopfen an der Scheibe riss Alexej aus dem Schlaf. Er schreckte hoch und blinzelte. Vor dem Wagen standen ein Mann und eine Frau, beide um die zwanzig. Sie starrten Alexej belustigt an. Die junge Frau kicherte. Langsam und noch etwas benommen kurbelte Alexej die Scheibe herunter.

"Guten Abend! Bitte entschuldigen Sie die Störung! Haben Sie Feuer?" Der junge Mann wies mit einer entschuldigenden Handbewegung auf die selbstgedrehte Zigarette in seiner Hand.

"Ähm, ja sicher." Alexej griff nach hinten und kramte sein Feuerzeug aus der Manteltasche. Der Mann steckte sich die Zigarette zwischen die Lippen und Alexej gab ihm Feuer.

"Vielen Dank!"

Der junge Mann nahm hastig ein paar Züge und reichte die Zigarette an seine Freundin weiter. Beide nickten Alexej freundlich zu, dann wandten sie sich um und schlenderten händchenhaltend und lachend über den Parkplatz.

Alexej hatte Mühe, seine Tränen zurückzuhalten. Dieses Pärchen erinnerte ihn an glückliche Zeiten mit Anna. Als sie Hand in Hand durch das Zentrum von Moskau spazierten, über den Roten Platz, zum

Kaufhaus GUM und weiter zum Manegenplatz und dabei über Gott und die Welt sprachen. Doch das war lange bevor die Probleme in ihrer Beziehung größer wurden, das Schweigen zwischen ihnen lauter und die Hoffnung auf eine glückliche Zukunft immer kleiner wurde.

Seine Welt und sein Traum von einem gemeinsamen Leben mit Anna brach nach einer Vorstellung im Bolschoi Theater vor wenigen Wochen zusammen. Voller Trauer dachte Alexej an diesen Abend zurück.

Sie hatten sich gemeinsam die Oper Eugen Onegin angesehen. Die Aufführung war ein voller Erfolg und das Ensemble auf der Bühne wurde mit Stehenden Ovationen gefeiert.

Nach der Vorstellung verließen Alexej und Anna das Theater und Alexej steuerte direkt auf seinen Lada zu, den er in einer Seitenstraße geparkt hatte. Am Wagen angekommen, öffnete er die Beifahrertür, doch Anna zögerte.

"Steig ein, ich bringe dich nach Hause."

"Brauchst du nicht, ich fahre mit der Metro."

"Auf keinen Fall!"

"Bitte, Alexej!"

"Anna, was ist denn los?"

"Lass uns ein Stück gehen."

"Aber wieso denn?"

"Ich muss dir etwas sagen."

Bei diesen Worten hatte Alexej einen Kloß im Hals und sein Herz zog sich vor Angst zusammen.

"Was ist los?"

"Komm!" Anna hakte sich bei Alexej unter und schlug den Weg in Richtung Metro Station Teatralnaja ein. Der Fußweg bestand aus kleinen rechteckigen Betonplatten, die an vielen Stellen schon gebrochen waren. Darüber hinaus war der Weg sehr schmal, man konnte nur zu zweit nebeneinander laufen. Viele Passanten versuchten, sich an Anna und Alexej vorbeizuzwängen. Sie waren ebenfalls auf dem Heimweg und wollten so schnell wie möglich zur Metro Station.

Ein kalter Wind blies Alexej ins Gesicht. Es war ungewöhnlich kühl für Mitte August. Der Sommer neigte sich dem Ende zu und bald würden die ersten Sommerfrischler von ihren Datschen nach Moskau zurückkommen, wieder an ihre Arbeitsstellen, an die Schulen und Universitäten zurückkehren und in der Stadt würde es noch voller werden.

Alexej spürte, dass Anna an seinem Arm zitterte. Sie trug ein wunderschönes, elegantes nachtblaues Abendkleid. Es war mit unzähligen silbernen Pailletten bestickt, die im Licht der Laternen glitzerten. Sie sah umwerfend darin aus.

"Willst du meinen Mantel haben?"

Anna schüttelte den Kopf. "Ist schon ok."

Dann blieb sie unvermittelt mitten auf dem Gehweg stehen, löste sich aus seinem Arm und sah Alexej direkt an. Dann atmete sie tief ein. Bitte sag jetzt nichts. Lass uns nach Hause fahren, uns in den Armen halten, uns zärtliche Worte ins Ohr flüstern und zusammen einschlafen.

„Ich muss dir etwas sagen."

Nein, bitte nicht! Anna´s Augen waren voller Trauer und Alexej hielt unwillkürlich die Luft an. Er hatte sich in den letzten Monaten der Illusion hingegeben, dass alles gut werden würde, dass sie sich wieder annähern würden und ihre Beziehungsprobleme in den Griff bekommen würden. Es war noch nicht zu spät. Doch ein kurzer Satz von ihr genügte, um ihm den Boden unter den Füßen wegzureißen und ihn in die raue Gegenwart zu katapultieren.

"Ich werde weggehen, Alexej!"

Vier Worte, die ihn tief erschütterten und sein ganzes Leben verändern würden. In seinem Herzen spürte er einen schmerzhaften Stich. Hatte sie das wirklich gesagt? Und was meinte sie damit? Weggehen? Ohne ihn?

„Wie meinst du das?", flüsterte er.

Ihre Locken wirbelten im Wind und ihre Augen waren auf einen Punkt in der Ferne gerichtet. Er spürte, dass sie in Gedanken schon weit weg war, obwohl sie ihm direkt gegenüberstand.

„Ich werde nach Deutschland gehen und dort eine Stelle in einem großen Verlag antreten."

Er schluckte. "Aber das kannst du doch nicht machen! Was wird denn dann aus uns?"

"Es gibt kein "uns" mehr! Es ist vorbei, Alexej!"

Die Entschlossenheit in ihrer Stimme traf Alexej mitten ins Herz und zerstörte auch die kleinste Hoffnung auf eine gemeinsame Zukunft. Doch er konnte und wollte es nicht begreifen, ihre Worte drangen nicht zu ihm durch. Die Zeit schien stehenzubleiben. Er starrte sie an und fand keine Worte, um das auszudrücken, was dieser eine Satz in seinem Inneren ausgelöst hatte.

Auf der Straße direkt neben ihnen fuhren endlos lange Autoschlangen laut hupend vorbei, auf dem Gehweg stießen Passanten Alexej und Anna in die Seiten und riefen ihnen unflätige Schimpfwörter zu. Und weit über ihren Köpfen dröhnten die Triebwerke einer Passagiermaschine, die gerade vom nahegelegenen Flughafen

47

Sheremetjevo in den Nachthimmel gestartet war.

In all dem Lärm und dem Gedränge um sie herum standen sie sich einige Augenblicke schweigend gegenüber. Anna hatte die Arme um ihren Körper geschlungen, sie zitterte.

„Aber warum denn Anna? Ich dachte, wir würden …?" stammelte er.

"Weil wir mit unserem Studium fertig sind, Alexej! Und wir jetzt beruflich voll durchstarten können!"

"Aber was wird denn aus uns, wenn du nach Deutschland gehst?"

"Alexej, verstehst du es nicht? Es ist vorbei! Ich kann nicht mehr und ich will nicht mehr mit dir zusammen sein! Und jetzt leb wohl!"

Ihre Stimme war laut und vorwurfsvoll, ihr Blick kalt und entschlossen. Sie würde sich von ihrem Vorhaben nicht abbringen lassen. Denn sie hatte scheinbar alles schon selbst entschieden, ja offenbar schon Pläne gemacht für ein neues Leben ohne ihn. Anna drehte sich abrupt um und ging mit schnellen Schritten in Richtung Metrostation davon.

Alexej blieb allein zurück, er war wie gelähmt.

"Ey du Penner! Wieso stehst du hier mitten auf dem Gehweg rum? Geh zur Seite und lass mich vorbei, sonst verpasse ich dir eine!" Ein junger Mann mit Irokesenschnitt und schwarzer Lederjacke, boxte Alexej unsanft in die Rippen, warf ihm einen bitterbösen Blick zu und ging kopfschüttelnd davon.

Alexej rührte sich nicht. Er hatte noch immer nicht realisiert, was gerade geschehen war. Anna war längst im breiten Strom der Passanten verschwunden, die sich in Richtung Metrostation Theatralnaja bewegten.

"Anna, warte!" Dann rannte er los, zwängte sich durch die Menschenmenge, boxte, schubste und schob alles weg, was sich ihm in den Weg stellen wollte. Die Menschen riefen ihm unflätige Dinge hinterher, doch er ließ sich davon nicht beeindrucken und kämpfte sich weiter zu ihr durch.

Kurz vor der Station hatte er sie eingeholt. Alexej stellte sich Anna in den Weg und schaute ihr direkt in die Augen. "Alexej, was soll das? Lass mich vorbei!" Ihr Blick war kalt und böse. Doch im Licht der Straßenlaterne sah er die Tränen in ihren Augen.

"Anna, bitte tu das nicht! Ich weiß, es ist alles meine Schuld!", sagte er völlig außer Atem.

"Lass mich vorbei!" Alexej griff nach ihrer Hand, doch sie wehrte ab.

"Anna, ich werde alles tun, damit wir wieder glücklich werden! Ich liebe dich! Wir hatten doch so viele Träume! Willst du das alles aufgeben?"

Anna machte einen Schritt zur Seite, ging an ihm vorbei und setzte ihren Weg fort. Sie hatte fast die Schwingtüren der Metrostation erreicht, die in die Vorhalle führten. Abrupt drehte sie sich zu ihm um, ihre Blicke trafen sich. In ihren Augen las er Trauer und Verzweiflung. Dieser Ausdruck tat ihm in der Seele weh und lähmte seinen Atem. Ihre Augenlider zitterten.

"Anna, bitte", presste er hervor.

"Was willst du denn noch von mir? Es ist vorbei! Kapier' das endlich und lass mich in Ruhe!"

"Wolltest du mir das die ganze Zeit sagen?"

"Alexej, ich muss gehen, ich will die letzte Bahn nach Hause noch erwischen."

"Anna, bitte! Lass es so nicht enden!"

In seiner Verzweiflung wusste Alexej nicht, was er tun sollte. Er wollte in diesem Moment nichts sehnlicher, als sie in seinen Armen halten, sie festhalten und nie wieder loslassen. Sie würden ihre Beziehung retten, ganz bestimmt! Doch in seinem Kopf herrschte ein heilloses Durcheinander. Er war zu überwältigt von seinen Gefühlen, es fiel ihm nichts ein, womit er sie aufhalten konnte.

Langsam bewegte er sich auf Anna zu, doch sie wandte sich um und betrat durch die Schwingtüren die Vorhalle der Station.

Oh nein! Ich kann da nicht reingehen! Eine lähmende Angst umklammerte sein Herz und Übelkeit stieg in ihm hoch. Sein Puls beschleunigte sich. Du musst, wenn du sie nicht verlieren willst! Alexej zögerte und ballte die Hand zur Faust, dann überwand er sich und folgte Anna.

Als er die Vorhalle betrat, kam ihm ein warmer Luftstrom entgegen. Es roch nach dem typischen Geruch von U-Bahnen - Imprägnieröl, Metall und Schleifkohle. Von unten drang das Zischen und Rattern eines einfahrenden Zuges nach oben. Sofort fing Alexej´s Kopf an zu dröhnen und er fühlte eine ungeheure Enge in seiner Brust. Sein Herz hämmerte wild und die Übelkeit verstärkte sich.

Anna hatte das Drehkreuz passiert und fuhr die lange Rolltreppe zum Bahnsteig hinab. Sie wandte sich nicht mehr zu ihm um.

Alexej war ihr bis zur Rolltreppe gefolgt, klammerte sich verzweifelt am Handlauf fest und schrie mit letzter Kraft die Rolltreppe hinab: "Anna, bitte!"

Dann spürte er, wie die Übelkeit immer heftiger in seiner Kehle hinaufstieg. Schnell hielt er die Hand vor dem Mund und rannte nach draußen. Vor der Station stütze er sich an einem Birkenstamm ab und erbrach sich.

10 ALEXEJ

Ein erneutes Klopfen an der Autoscheibe riss Alexej aus den

schmerzvollen Gedanken der Vergangenheit.

"Was willst du?" Starr vor Schreck und völlig außer sich schrie er den

alten Mann an, der vor dem Seitenfenster stand. Dann bemerkte er die

löchrigen Hosen und das schmutzige Hemd des Mannes, der ihn durch

die regennasse Autoscheibe mit großen, bittenden Augen ansah und

voller Angst einige Schritte zurücktrat.

"Ach, schon gut!"

Alexej kramte sein letztes Kleingeld aus seiner Geldbörse hervor,

kurbelte die Scheibe herunter und reichte es ihm. Der alte Mann nickte

und lächelte dankbar, dann humpelte er langsam und behäbig durch

den Regen über den Parkplatz in die Dunkelheit davon.

Alexej kurbelte das Fenster wieder nach oben. Schnell weg von hier,

bevor er wieder gestört wurde. Er brauchte jetzt unbedingt eine

Ablenkung und wusste, was zu tun war. Es war keine gute

Entscheidung, doch es handelte sich schließlich um einen Notfall und er

wusste sich nicht mehr anders zu helfen. Seine Gedanken machten ihn

verrückt. Er griff nach hinten und fischte sein Smartphone aus der

Manteltasche. Ein kurzer Anruf, ein kurzes bestätigendes Murmeln,

dann startete er den Wagen. Schnell fuhr er vom Parkplatz herunter und

auf dem Ring in Richtung Süden.

Alexej war nervös, obwohl er das, was er vorhatte, schon unzählige

Male getan hatte. Doch es war verboten und er wollte nicht erwischt

werden.

Er war bereits ein gutes Stück gefahren, als er den Ring verließ und den

Wagen in eine Seitenstraße steuerte, die rechts und links von alten,

heruntergekommenen Hochhäusern im 1980er Jahre Stil gesäumt

wurde.

Alexej parkte am rechten Straßenrand, griff nach seinem Mantel und

stieg aus. Er zögerte, warf sich den nassen Mantel über und schaute sich

verstohlen um. Da er sich unbeobachtet fühlte, griff er nach unten in den

Fußraum, nahm die Wodkaflasche und trank einen großen Schluck.

Graue Wolken zogen langsam über den Moskauer Nachthimmel, als

Alexej sich auf den Weg zum Treffpunkt machte. Alte Straßenlaternen

warfen ein schmutziges, hässliches gelbes Licht auf die kaputten

Gehwegplatten, überall lag Müll. Links und rechts, soweit das Auge reichte, erhoben sich aschgraue, endlos lange Hochhäuser aneinander. Jedes Haus war fast eintausend Meter lang und hatte zehn und mehr Stockwerke. Die Straße, die sich durch die Häuserschluchten schlängelte, hatte viele Schlaglöcher. Die wenigen Autofahrer, die zu dieser späten Stunde auf der Straße an ihm vorbeifuhren, mussten ständig auf der Hut sein. Denn es war nichts Ungewöhnliches in dieser Stadt, dass Kanaldeckel, Auspuffrohre oder anderer Unrat mitten auf der Straße lagen. Wohin Alexej auch sah, überall Müll, Verfall und Trostlosigkeit. Er kannte das alles und nahm es sonst gar nicht mehr richtig wahr. Doch heute hatte er einen viel intensiveren Blick auf seine Umgebung.

Alexej blieb stehen, zündete sich eine Zigarette an und sog den Zigarettenrauch ein. Der Wodka hatte seine Wirkung entfaltet, er fühlte sich selbstsicher und entschlossen. Seine Gedanken irrten nun nicht mehr wild in seinem Kopf herum.

Kurze Zeit später näherte er sich einem Spielplatz. Eine Gruppe Jugendlicher, drei Jungs und zwei Mädchen, saßen auf den Bänken zwischen einer kaputten Schaukel und einem verrosteten Klettergerüst. Sie unterhielten sich, lachten und gestikulierten wild mit den Armen. Dabei tranken sie billiges Bier aus großen Plastikflaschen. Die Jungs machten Faxen und versuchten die Mädchen zu beeindrucken. Ein

Junge war besonders laut und schien mit den anderen Jungs um die Gunst der Mädchen zu buhlen.

Alexej war plötzlich neidisch auf die Gruppe auf dem Spielplatz. Sie waren so jung und unbeschwert und hatten ihre Freunde um sich. Das Leben hatte ihnen noch nicht übel mitgespielt. Sie waren voller Lebenslust, hatten noch alles vor sich und die besten Chancen, noch etwas aus ihrem Leben zu machen. Am liebsten wäre er zu ihnen gegangen. Er wollte wieder jung sein, Teil einer Clique sein, Bier trinken, dumme Sprüche machen und mit Mädchen flirten. In diesem Moment hätte er viel darum gegeben, sein Leben noch einmal neu zu beginnen. Jung, unbeschwert und in der Geborgenheit einer intakten Familie und vielen Freunden, aber mit dem Selbstbewusstsein eines Erwachsenen. Jedoch noch nicht erdrückt von den Traumata der Vergangenheit und den Erwartungen der Mitmenschen, Beziehungsproblemen und den Zwängen des Alltags.

Aus der Ferne spürte er, wie ihn die Gruppe beobachtete. Sie hatten ihre Gespräche unterbrochen und schauten zu ihm herüber, fixierten ihn mit ihren Blicken. Alexej wandte sich ab und beschleunigte seine Schritte. Er fühlte sich einsam und ausgestoßen.

Alexej kannte dieses unangenehme Gefühl zu gut. Als er klein war, hatte seine Mutter sich viel um seine jüngere Schwester Lena gekümmert, sie mit Liebe überschüttet und Alexej dabei fast vergessen. Er fühlte sich einsam, nicht beachtet und nicht liebenswürdig. Stets musste er um die Aufmerksamkeit der Mutter kämpfen. Später, nach dem Tod des Vaters, verstärkte sich dieses Gefühl und mit den Jahren hatte es sich tief in sein Bewusstsein eingegraben.

Als Jugendlicher fing er an, seine Mutter mit provozierenden Aktionen auf sich aufmerksam zu machen. Er war aufmüpfig, hing mit den falschen Leuten herum, prügelte sich und probierte im Alter von fünfzehn Jahren das erste Mal Ecstasy.

Dieses Erlebnis hatte sich stark in sein Bewusstsein eingebrannt und es würde ihn wohl für den Rest seines Lebens begleiten.

Es war an einem dieser grauen Tage, an denen die Luft schwer und der Himmel tief über der Stadt hing. Alexej saß allein auf einer Bank im Gorki Park. Er fühlte sich einsam. Der Tod seines Vaters lag schon einige Jahre zurück, doch er kam nicht darüber hinweg. Er hatte das Gefühl, dass er in seinem Schmerz allein war und sich niemandem anvertrauen konnte.

„Du siehst aus, als würdest du etwas brauchen, Aljoscha!" Sein Kumpel Sergej stand plötzlich neben ihm und seine Stimme klang etwas rauer als gewöhnlich. Sergej war wenige Tage zuvor von der Schule geflogen, weil er mit Drogen erwischt worden war. Seitdem hing er in den Parks der Stadt herum, rauchte und hielt sich mit kleineren Diebstählen über Wasser. Alexej wusste, dass Sergej Probleme hatte, aber er hatte nie wirklich nachgefragt.

„Was meinst du?"

„Etwas, das dich rauszieht, dich ein bisschen ablenkt." Er trat näher an Alexej heran und zog ein kleines, durchsichtiges Tütchen mit bunten Pillen aus der Hosentasche. Alexej wusste sofort, was es war - Ecstasy.

„Komm schon, Alexej. Versuch es einfach mal. Es wird dir guttun." Sergej zwinkerte ihm zu.

Alexej zögerte. Er hatte nie wirklich über Drogen nachgedacht. Doch etwas in ihm war erschöpft und wollte nur noch weg.

„Du musst dich nicht entscheiden, aber vielleicht hilft es, mal in eine andere Welt abzutauchen." Sergej fingerte eine Pille aus dem kleinen Tütchen, schaute sich kurz um und legte sie unauffällig in Alexejs Handfläche. Dann drückte er Alexejs Finger zu einer Faust zusammen.

Alexej spürte die Pille in seiner Handfläche und ihn überkam das Gefühl, als hätte er keine andere Wahl. Schnell schob er die Pille in den Mund.

Und dann kam der Moment, der seine Wahrnehmung veränderte. Die Welt verwandelte sich nicht sofort, aber sie begann sich zu verflüssigen, zu verschieben. Es war ein kurzes, intensives Gefühl von Leichtigkeit, als würde er sich aus einem Körper befreien, der schon lange nicht mehr zu ihm gehörte. Die Gedanken flossen, lösten sich auf und der Schmerz war weg.

Ein paar Stunden später war er wieder zu Hause und sein Kopf war wieder klar - aber etwas war anders. Der Blick auf das Leben hatte sich geändert. Das Leben fühlte sich nicht mehr so düster an.

Die Droge gab ihm das Gefühl der Geborgenheit zurück, das ihm zu Hause fehlte, sie hüllte ihn ein, schirmte ihn von seinen Gefühlen und der Außenwelt ab. Für einen Moment konnte er seinen Kummer vergessen und aus der Realität entkommen. In dieser Parallelwelt gab es keine Enttäuschungen und keine Einsamkeit. Er fühlte sich sicher und geborgen.

Ein paar Tage später traf er sich wieder mit Sergej im Park.

„Na willst du noch was?" Sergej grinste.

„Ich weiß nicht, es fühlt sich nicht richtig an." murmelte Alexej.

„Du musst dich nicht fragen, was richtig ist. Du musst nur wissen, was dir hilft." antwortete Sergej und schob ihm unauffällig wieder eine Pille zu.

Von diesem Moment an kam er nicht mehr von den Drogen los, weil er in der Gegenwart nichts fand, dass ihm dieses intensive Gefühl geben konnte, wenn er sich einsam und verloren fühlte. Das wurde ihm sehr schnell klar, doch er fühlte sich zu schwach, um dem Drang zu widerstehen. Er versuchte immer wieder, ohne Drogen zu leben, doch es gelang ihm nicht.

11 ALEXEJ

Als Alexej seinen Weg durch die dunklen Straßen fortsetzte, versuchte er, sein Vorhaben vor sich selbst zu rechtfertigen: Er befand sich doch in einem seelischen Ausnahmezustand! Wie sollte er mit seinen Gefühlen fertig werden? Ein letztes Mal, schwor er sich, dann würde ein für alle Mal Schluss mit den Drogen sein!

Unter einer spärlich beleuchteten Fußgängerunterführung blieb Alexej unvermittelt stehen und schaute sich suchend um. Dann zog er die Kapuze seines Pullovers über den Kopf und zündete sich eine Zigarette an. Kurz darauf zündete sich eine Gestalt in unmittelbarer Nähe in einer schwarzen Jogginghose und einem dunkelgrauen Kapuzenpullover ebenfalls eine Zigarette an. Der Fremde löste sich von der mit Graffiti besprühten Betonwand und kam im schwachen Licht direkt auf Alexej zu.

Ein stummer Blick, ein angedeutetes Nicken. Der Fremde blickte sich nervös um, seine Augen scannten die Umgebung. Es war niemand zu sehen. Dann griff er in die Bauchtasche seines Hoodies und holte eine kleine durchsichtige Plastiktüte mit bunten Pillen heraus. Schnell waren Geld und Ware getauscht und Alexej steckte das Tütchen in seine Manteltasche. Käufer und Verkäufer nickten sich zu, dann zündete der Mann sich eine neue Zigarette an, wandte sich um und ging ohne ein Wort davon.

12 ALEXEJ

Alexej kehrte zu seinem Auto zurück. Dort angekommen, blickte er auf das Tütchen in seiner Hand und zögerte. Doch dann schüttelte er den Kopf, griff nach seinem Fanschal des Eishockey Clubs ZSKA Moskau, der auf der Rückbank lag und versteckte das Tütchen mit den Pillen im eingenähten Geheimfach. Er stieg ein, startete den Lada und steuerte den Wagen auf den Ring zurück in Richtung Zentrum. Seinen Mantel und die klammen Sachen hatte er aus Faulheit angelassen. Und jetzt? Er hatte keine Idee, was er als nächstes tun oder wohin er fahren sollte.

Plötzlich überholte ihn ein Streifenwagen und zwang ihn zum Anhalten. Alexej erschrak, lenkte den Lada auf den Seitenstreifen und hielt direkt hinter dem Polizeiwagen.

Durch die Frontscheibe sah er, wie zwei Beamte ausstiegen und auf ihn zukamen. Alexej umklammerte mit beiden Händen fest das Lenkrad. Verdammt. Die Pillen! Und ich habe Wodka getrunken. Das würde

Ärger geben. Ruhig bleiben! ermahnte er sich. Vielleicht konnte er sich irgendwie herausreden. Was sollte er mit dem Schal machen? Verstecken? Aber wo? Sein Herz pochte und seine Hände waren so feucht, dass sie Schweißabdrücke am Lenkrad hinterließen. Schnell wischte er sich die feuchten Hände an seiner Jeans ab. Im letzten Moment griff er nach dem Schal auf der Rückbank und wickelte ihn um sein rechtes Handgelenk.

Die Beamten, ein jüngerer mit blonden kurzgeschorenen Haaren und ein älterer Grauhaariger hatten den grünen Lada erreicht. Der ältere Beamte schaute Alexej mit einem durchdringenden Blick durch das Seitenfenster der Fahrerseite an. Der jüngere Polizist blieb am Heck des Wagens stehen. Es schien, als wartete er auf die Anweisungen seines Kollegen.

Alexej kurbelte die Seitenscheibe des Wagens herunter. „Guten Abend - Polizcikontrolle, Ausweis und Papiere bitte."

Der Tonfall des Beamten war streng und bedrohlich. Alexej´s Vater hatte ihm schon als Kind eingebläut, Respekt vor der Polizei zu haben. Alexej wollte keinen Ärger mit den Beamten haben, nicht schon wieder! Warum hatte er seinem inneren Drang nicht widerstehen können, sich neue Pillen zu besorgen? So ein verdammter Mist!

Nervös und mit zitternden Fingern kramte er in seinen Sachen. Endlich fand er die Zulassungspapiere und reichte sie dem Grauhaarigen durch die Seitenscheibe nach draußen.

„Maxim, überprüf mal die Daten!"

Der junge Polizist nickte, nahm die Papiere entgegen und ging zurück zum Streifenwagen. Der ältere Polizist wandte sich wieder an Alexej.

„Steigen Sie aus!"

Alexej zögerte, hob langsam den Blick und schaute den Polizisten verwirrt an. Wie sollte er erklären, warum er schmutzige und durchnässte Sachen trug? Und wie sollte er seine Wodkafahne verbergen? Aber es gab kein Entrinnen. Wenn er sich den Beamten widersetzte, würde dies seine gegenwärtige Situation nur noch verschlimmern. Der Beamte bemerkte das Zögern und wurde ungeduldig.

„Na wird's bald? Aussteigen!"

Behäbig stieg Alexej aus. Der Polizist stand ihm direkt gegenüber und musterte ihn mit ernstem und misstrauischem Blick. Alexej vermied es, den Beamten direkt anzusehen, und blickte stattdessen starr auf den Asphalt.

„Umdrehen, Hände aufs Dach und Beine auseinander! Wie heißen Sie?"

"Alexej. Alexej Asarow."

Der Beamte begann, Alexej abzutasten.

„Herr Asarow, haben Sie Alkohol getrunken oder irgendwelche bewusstseinserweiternden Substanzen eingenommen?"

"Nein …", stammelte Alexej.

Alexej lief ein Schauer über den Rücken. Sein Herz hämmerte wild in seiner Brust. Er wird den Wodka riechen, dachte er. Und dann bin ich geliefert. Mindestens eine Nacht im Lefortowo-Gefängnis. Aber ich werde es trotzdem riskieren und ihn anlügen. Was habe ich schon zu verlieren?! „Nein!"

Der Beamte tastete erst Alexejs Oberkörper und den linken Arm auf Gegenstände ab. Am rechten Handgelenk angekommen, fiel sein Blick auf den Fanschal. Er nahm ein Ende in die Hand und betrachtete es.

Alexej erstarrte. Warum habe ich den Schal nicht unter den Sitz geschoben? Was habe ich mir nur dabei gedacht? Da hätte ich ihm die Pillen ja auch gleich auf einem Silbertablett präsentieren können! Alexej bemerkte, wie der Beamte hinter ihm den Schal ansah.

Das auffällige Design in den Farben von ZSKA Moskau war für jeden Eishockeyfan sofort erkennbar. Ein Lächeln huschte über das Gesicht des Polizisten.

„ZSKA, hm?" sagte er mit einem verschmitzten Grinsen. „Konnte nicht glauben, dass die Jungs das wirklich noch packen. Der Sieg gegen SKA St. Petersburg war schon krass."

Alexej, überrascht von der Reaktion, nickte. „Ja, das war ein Spiel, das man so schnell nicht vergisst."

Der jüngere Polizist trat näher und sah neugierig auf den Schal. „Ernsthaft? ZSKA? Ich dachte immer, die hätten ihre besten Jahre hinter sich. Aber der Sieg gegen St. Petersburg.. das war der Knaller!"

Der ältere Polizist lachte. „Klar, keiner hat damit gerechnet. Aber sie haben ja Owetschkin! Was für ein Teufelskerl! Wahnsinn, wie der kurz vor Schluss den Puck ins Tor geballert hat!"

Alexej grinste. Er konnte es nicht fassen, dass die strengen Polizisten ein Gespräch über seinen Lieblingsverein mit ihm führten. Sein Puls beruhigte sich langsam. „Das war pure Magie. Man hat die ganze Saison gemerkt, dass sie sich zusammenraufen und wieder mehr als Team agieren. Und jetzt.. sehen wir endlich mal wieder, was in ihnen steckt."

Die beiden Polizisten tauschten einen Blick und wirken so, als ob sie in diesem Moment ihre Rolle als Gesetzeshüter kurz beiseite schoben und einfach nur glühende Eishockeyfans waren. Der jüngere Polizist klopfte Alexej freundschaftlich auf die Schulter.

„Also, was machen die Jungs in der Rückrunde? Glaubst du, sie können den Titel noch holen?"

„Es wird schwer, aber wenn sie so weitermachen, warum nicht? Aber wir müssen ihnen mehr Unterstützung geben. Die Fans sind alles!"

„Das stimmt!", bemerkte der ältere Polizist. „Die Stimmung im Stadion war unglaublich bei dem Sieg. Das war echte Leidenschaft."

Ein Moment der Stille trat ein, während beide Polizisten nickend in Erinnerungen schwelgten und dabei lächelten. Der junge Polizist holte tief Luft und riss sich dann aus den Gedanken.

„Nun gut…", sagte er und sah auf den Ausweis und die Zulassungspapiere. „Alles scheint in bester Ordnung zu sein."

„Danke", erwiderte Alexej. Er war noch immer ein wenig verwirrt, wie sehr das Gespräch plötzlich von der Kontrolle abgedriftet war.

„Und noch etwas", fügte der ältere Polizist hinzu, „drück' den Jungs die Daumen für die Meisterschaft!"

Mit diesen Worten wandten sich die Beamten um, gingen zu ihrem Streifenwagen, stiegen ein und fuhren davon. „Unbedingt!" murmelte Alexej.

Seine Hand zitterte, als er den Schlüssel am Zündschloss drehte. Der Motor sprang sofort an. Ein Gefühl der Erleichterung durchflutete ihn, aber er war noch immer nervös, als würde die Bedrohung noch immer in der Luft hängen. Er atmete tief ein und versuchte, die Anspannung zu vertreiben. Das war knapp, dachte er. Er hatte verdammt viel Glück gehabt! Er grinste. Aber was nun?

Nach Hause zu seiner Mutter wollte er nicht. Er wollte allein sein. Aber wohin? Die Datscha! Das Wochenendhaus seiner Familie lag rund zweihundert Kilometer außerhalb von Moskau in einem Dorf am Rande eines Birkenwäldchens. Seine Mutter war gerade von dort nach Moskau zurückgekehrt. Sie musste wieder zur Arbeit in einem Supermarkt. Er hatte also freie Bahn. Der ideale Ort für einen Rückzug. Ruhe, Natur, Abgeschiedenheit. Aber jetzt noch zur Datscha aufbrechen?

Er durchsuchte seine Taschen und stellte fest, dass er sein letztes Bargeld für die Ecstasy Pillen ausgegeben hatte und seine Mutter den Schlüssel für die Datscha zu Hause aufbewahrte.

Außerdem musste er noch ein paar Wechselsachen mitnehmen. Es blieb ihm keine andere Wahl, er musste nach Hause fahren. Dann würde er eben am nächsten Morgen nach dem Frühstück aufbrechen.

13 ANATOLI

Anatoli sprintete durch den Duty-Free Bereich und erreichte kurz darauf außer Atem die Toilettenräume. Auf dem weißen Fliesenboden im Vorraum lag eine junge Frau in einem khakifarbenen Etuikleid auf dem Rücken. Aus einer Wunde am Kopf lief Blut. Sie hatte die Augen geschlossen, doch jetzt erkannte er sie - es war Anna!

Man hatte Anatoli herbeigerufen, da er eine Ausbildung als Sanitäter absolviert hatte, bevor er in den Sicherheitsdienst des Flughafens gewechselt war. Bevor der Anruf von seiner Kollegin kam, war er gerade dabei, die Passagierlisten für den Flug nach Berlin zu überprüfen.

Er kniete sich neben Anna und berührte sie sanft an der Schulter. In diesem Moment öffnete Anna langsam die Augen.

„Was ist passiert?""

Behutsam nahm Anatoli ihre Hand und half ihr, sich aufzurichten. Sie zitterte. „Langsam. So wie es aussieht, sind Sie wohl hingefallen und haben sich am Kopf verletzt."

Anna fasste sich an die Stirn und schaute kurz darauf auf ihre Hände. An ihren Fingern klebte Blut. Dann hob sie den Kopf und sah ihn fragend und mit weit aufgerissenen Augen an. Offenbar wusste sie nicht mehr, wer er war. Anatoli atmete auf: Er hatte sie tatsächlich gefunden. Zwar nicht so, wie er es sich vorgestellt hatte, aber immerhin.

„Ich bin Anatoli, wissen Sie noch? Wir haben uns bei der Sicherheitskontrolle kennengelernt."

Anna nickte langsam. Stumme Tränen rannen über ihr Gesicht.

„Anna, Sie müssen ins Krankenhaus. Die Wunde am Kopf muss unbedingt behandelt werden."

Ich werde alles tun, um ihr zu helfen, dachte Anatoli. Er wusste, dass die Rettungsdienste der Stadt oft unzuverlässig waren. Es gab immer wieder Berichte von langen Wartezeiten, da zu wenige Rettungswagen im Einsatz waren. Deshalb entschied er, sie selbst ins Krankenhaus zu fahren. "Kommen Sie, ich fahre Sie hin."

Anna zögerte, dann nickte sie benommen. „Na dann los! Ganz langsam! Ich helfe Ihnen!"

Anatoli stützte Anna und führte sie über einen Nebeneingang aus dem Flughafengebäude. Direkt neben der Tür parkte sein roter BMW X5. Er öffnete Anna die Autotür und half ihr beim Einsteigen. Sie ließ sich erschöpft auf den Beifahrersitz fallen. Dann ging er um den Wagen herum und stieg auf der Fahrerseite ein.

Der BMW setzte sich in Bewegung, passierte die Ausfahrt des Flughafengeländes und fuhr schließlich auf den Stadtring in Richtung Zentrum.

Sie schwiegen. Doch Anatoli beobachtete aus seinem Augenwinkel das schmerzverzerrte Gesicht der jungen Frau.

„Machen Sie sich bitte keine Sorgen, Anna", sagte er einfühlsam. „Es ist bestimmt alles in Ordnung. Nur eine kleine Wunde am Hinterkopf."

"Aber mein Flug…!"

„Es sollte kein Problem sein, einen neuen Flug zu bekommen. Ich werde Ihnen dabei helfen."

Sie stützte den Kopf auf ihre Hände und begann zu weinen.

„Anna, beruhigen Sie sich! Es wird alles gut werden! Erzählen Sie mir lieber von sich und Ihrer Reise. Sie wollten doch nach Berlin, richtig?"

„Ja, nach Berlin!", brachte sie mühsam hervor, wischte sich die Tränen aus dem Gesicht und legte ihre rechte Hand an die Schläfe.

Anatoli legte den Kopf etwas schief und lächelte sie aufmunternd an.

„Berlin Wie schön! Werden Sie dort Urlaub machen? Oder Freunde treffen?" „Nein, ich werde dort eine neue Arbeit anfangen."

„Oh …", sagte er. „Das ist ja sehr spannend! Herzlichen Glückwunsch zum neuen Job! Sehr mutig und aufregend! Ich würde auch gern wieder nach Berlin reisen! Aber nur als Tourist." Er lachte laut und fröhlich.

Annas Lippen umspielte ein zaghaftes Lächeln. „Wieso?"

„Wieso Berlin so aufregend ist? Die Kultur! Das Nachtleben! Und die Bars! Eine Stadt, die niemals schläft! Nicht ganz so aufregend wie Moskau natürlich, aber immerhin. Die Deutschen sind zwar etwas trocken und steif und brauchen meist eine Weile, bis sie in Stimmung kommen, aber wenn es so weit ist, dann kann man mit ihnen eine gute Zeit haben. Und was das Drumherum betrifft - Sie werden sich ganz schnell einleben, Anna! Was werden Sie denn beruflich machen?"

„Das ist sehr nett von Ihnen! Vielen Dank! Aber wieso sagen Sie mir all das?", fragte Anna ungläubig.

Ihm fiel auf, dass sie seine Frage nach dem Job unbeantwortet ließ. Doch er ging nicht näher darauf ein. Es war nicht so wichtig, er würde es sicher zu einem späteren Zeitpunkt herausfinden. Viel mehr

71

interessierte ihn, wer der Mann in der Halle war, mit dem sie heute Morgen offenbar in Streit geraten war. Doch alles zu seiner Zeit.

„Weil ich es nicht ertragen kann, wenn eine so hübsche Frau wie Sie traurig ist. Das bricht mir das Herz! Und Sie haben so ein schönes Lächeln!"

Anna fühlte sich geschmeichelt und wurde rot. Dann legte sie die rechte Hand wieder an die Schläfe und stöhnte leise.

„Wir sind gleich da. Es dauert nicht mehr lange." Wie hübsch sie ist, dachte er. Die schönen Locken und das zarte Gesicht.

Kurze Zeit später waren sie vor der Notaufnahme des Krankenhauses Nr. 5 im Süden von Moskau angekommen. Anatoli öffnete die Beifahrertür, reichte Anna die Hand und wollte ihr beim Aussteigen helfen. In diesem Moment taumelte Anna und sackte in Anatolis Armen zusammen.

14 ALEXEJ

Ungeduldig gab Alexej den vierstelligen Türcode an der Eingangstür seines Wohnblocks ein. Er bewohnte gemeinsam mit seiner Mutter Vera eine Zwei-Zimmer-Wohnung im Stadtteil Zarizyno im Süden von Moskau. Vera Asarowa schlief im Schlafzimmer und hatte ihrem Sohn das Wohnzimmer überlassen. Wenn Besuch kam, saßen sie meistens in der Küche, was für russische Familien in der Großstadt nicht ungewöhnlich war. Alexej's jüngere Schwester Lena war schon vor vielen Jahren in die USA ausgewandert.

Die schwere dunkelgrüne Metall-Tür öffnete sich mit einem tiefen Summen. Alexej drückte dagegen und betrat den Hausflur. Die Neonröhre an der Decke flackerte und warf ein schwaches hellgelbes Licht auf die einst dunkelgrüne Farbe, die sich in kleinen Schuppen von den Wänden löste. Alexej zwängte sich in den schmalen Fahrstuhl. Die dunkelbraune schmutzige Holzverkleidung war alt und abgewetzt. Er drückte auf die Taste für den zehnten Stock, die als einzige noch vollständig vorhanden war. Die Tasten für die anderen Etagen waren kaputt oder schon vor langer Zeit aus dem Tableau herausgefallen. Der Fahrstuhl setzte sich langsam und behäbig in Bewegung. Auf dem dunkelgrauen, schmutzigen Linoleumboden lagen alte zerrissene Zeitungsseiten. Auf einem Ausschnitt, der in einer Ecke lag, konnte Alexej einen Metro-Zug erkennen. Schnell wandte er den Blick ab. Doch seine Gedanken formten sich plötzlich zu einer schrecklichen Vorahnung.

Die Kabine um ihn herum verschwand. Stattdessen fand er sich in einem verlassenen Metro-Schacht wieder. Der Geruch von Rauch hing schwer in der Luft, aus den Trümmern eines entgleisten Metro Zuges kroch eine zähe, schwarze Rauchsäule empor. In all dem Chaos sah er Anna. Ihre Silhouette war nur schemenhaft zu erkennen, von den Flammen erleuchtet, die sich durch den zerbrochenen Zug fraßen. Der Zug war nicht mehr das, was er einmal gewesen war. Die Waggons waren verbogen und deformiert. Doch zwischen den Flammen, dem schreienden Zischen der brennenden Metallsplitter und dem dröhnenden Lärm stand Anna. Sie war unverletzt, aber gefangen in dieser apokalyptischen Szenerie. Alexej konnte sie nicht erreichen. Der Rauch verschlang seine Worte. Verzweiflung überkam ihn, als er sah, wie sie sich den Flammen näherte. „Anna!", schrie er, doch sie hörte ihn nicht. Ihre Augen waren weit aufgerissen, doch nicht in Angst, sondern in einem Zustand völliger Verwirrung. Was war passiert?

Als die Fahrstuhltür sich mit einem quietschenden Geräusch öffnete, kehrte Alexej in die Realität zurück. Auf seiner Stirn standen Schweißperlen. Der brennende Metro-Zug war verschwunden, doch das Bild von Anna, gefangen in dieser brennenden Welt, blieb in seinem Kopf. Was hatte das zu bedeuten?

Alexej trat auf den Hausflur und lehnte sich mit dem Rücken gegen die Wand. Sein Herz raste, er fühlte sich völlig erschöpft.

Auf Zehenspitzen schlich er zur Wohnungstür und lauschte. Erleichtert stellte er fest, dass keine Geräusche aus dem Inneren der Wohnung drangen. Gut so, seine Mutter hatte sich sicherlich schon schlafen gelegt. Leise schloss er die Tür zur Wohnung auf und betrat den dunklen Vorraum. Als er das Licht einschaltete, erschrak er.

Vera Asarowa stand im bordeauxfarbenen Bademantel an der Flurgarderobe und taxierte ihren Sohn schweigend von oben bis unten mit einem strengen und zugleich besorgten Blick.

Wortlos reichte er ihr den Mantel, zog die Schuhe aus, wandte sich um und wollte direkt in sein Zimmer gehen.

„Wo warst du?" Die Stimme seiner Mutter klang eindringlich und voller

Sorge.

Alexej versuchte die Frage zu überhören und machte eine abwehrende Handbewegung. Doch Vera Asarowa ließ nicht locker.

„Rede mit mir, Alexej! Wo warst du?"

„Ich bin noch etwas herumgefahren."

Das Gesicht der Mutter war jetzt ganz nah an seinem. „Hast du getrunken?"

„Nein!"

„Lüg mich nicht an! Hast du getrunken?"

„Ist doch egal, Mutter!"

Er hatte schon fast die Tür zu seinem Zimmer erreicht und streckte die Hand nach der Türklinke aus.

„Du warst am Flughafen, oder?"

Alexej zuckte fast unmerklich zusammen. Seiner Mutter konnte er nichts vormachen. Sie ahnte, wie sehr er darunter litt, dass Anna ihn verlassen hatte. Doch ein Gespräch über Anna war das Letzte, was er jetzt wollte.

Schnell versuchte er das Thema zu wechseln: „Ich fahre morgen zur Datscha."

„Allein?"

„Ja!"

„Du willst dich also mal wieder vor der Welt verkriechen. Das ist keine gute Idee, Alexej!"

„Ich fahre morgen! Und du wirst mich nicht aufhalten!"

„Willst du nicht wenigstens Vitali fragen, ob er mitkommt?"

„Ich habe keine Lust auf Gesellschaft, Mama!"

Bevor Vera Asarowa etwas entgegnen konnte, ließ Alexej seine Mutter stehen, drückte die Klinke ganz herunter, betrat sein Zimmer und schloss die Tür hinter sich.

Dort war es angenehm warm. Alexej zog sich bis auf die Unterhose aus und warf sich auf das Bett. *Endlich.*

Im Dunkeln lehnte er sich mit dem Rücken an das Kopfteil des Bettes. Sein Blick ging durch das Fenster hinaus auf graue, trostlose Hochhäuser, dunkle Fenster und kaputte Fassaden. Der Vollmond beleuchtete den Balkon vor seinem Fenster, der mit zahlreichem Hausrat vollgestellt war. Von draußen drang der Lärm der Straße bis zu ihm ins Zimmer herauf. Moskau schlief nie. Und auch er würde heute keinen Schlaf finden. Er war viel zu aufgewühlt.

Leider konnte man in der Stadt keine Sterne am Nachthimmel sehen. Auf der Datscha war das ganz anders. Er liebte es, in lauen

Sommernächten in den Nachthimmel zu schauen und die Sterne zu beobachten. Seit der Schulzeit interessierte er sich für Astronomie. Und irgendwann - vielleicht von seinem ersten Lohn - würde er sich ein richtig gutes Teleskop kaufen. Zu seinem elften Geburtstag hatte seine Mutter ihm ein Teleskop geschenkt, aber es taugte nichts. Es war nicht stabil, umständlich in der Handhabung und ließ sich nicht gut einstellen. Es machte keinen Spaß, es zu benutzen. Seit einigen Jahren verstaubte es in einer Ecke in seinem Zimmer, da er es nicht übers Herz brachte, es wegzuwerfen.

Er ließ den Blick weiter durch das dunkle Zimmer schweifen. Dabei blieben seine Augen an einem gerahmten Foto hängen, das auf einem übervollen Bücherregal unweit des Bettes stand. Alexej beugte sich vor und nahm den Bilderrahmen aus dem Regal. Er hielt ihn in seinen Händen und berührte mit dem Zeigefinger das kalte Glas. Das Foto zeigte seinen Vater, Maxim Asarow, in seiner Metro Uniform. Ein großgewachsener Mann, mit einem ovalen Gesicht, blonden Haaren und grau-blauen, fröhlichen Augen. Stolz blickte er in die Kamera und ein leichtes Lächeln umspielte seine Lippen. Maxim Asarow hatte seine Arbeit als Metro Fahrer über alles geliebt. Aber genau diese Arbeit hatte ihm das Leben gekostet. Das Foto war nur wenige Monate vor dem tödlichen Unfall aufgenommen worden.

Maxim hatte Alexej, als dieser zwölf Jahre alt war, nach langem Bitten zu seiner Arbeit mitgenommen, obwohl es strengstens verboten war. An diesem Abend saß Alexej aufgeregt und mit großen Augen vorn im Leitstand des Zuges neben dem Vater. Er fühlte sich wie elektrisiert, wenn der Zug aus den dunklen Tunneln hinaus und in die prächtigen Stationen, die mit ihren Kronleuchtern und Wandverzierungen wie Zarenpaläste unter der Erde aussahen, hineinfuhr. Jede Station war einzigartig und besonders und Alexej konnte sich nicht sattsehen an all dem Glanz und der Schönheit dieser unterirdischen Welt. Sein Vater erklärte ihm jede einzelne Funktion im Führerstand des Metro Zuges und Alexej hörte aufmerksam zu. Ab und an machte er einen Witz und sie lachten. Kurz vor Ende der Schicht kam es dann zu einem verhängnisvollen Zwischenfall.

Die Metro war im Zentrum auf der Ringlinie unterwegs, hatte gerade die Station Kurskaya verlassen, fuhr durch den Tunnel und wollte gerade in die nächste Station Wodny Stadion einfahren. Plötzlich verlor Maxim Asarow die Kontrolle über den Zug. Mit einem Knall kam die Bahn von den Schienen ab, raste in einen Tunnel hinein und entgleiste. Alexej wurde von der Wucht des Aufpralls auf den Boden geworfen. In seinem rechten Bein spürte er einen höllischen Schmerz. Er schrie laut auf und schaute nach oben. Sein Vater lag vornübergebeugt über dem

Schalttableau und rührte sich nicht. Es sah aus, als ob er schlief. Alexej rappelte sich so gut es ging hoch und wollte nach dem Vater sehen, sich vergewissern, dass es ihm gut ging.

Dann ging plötzlich alles sehr schnell. Alexej wurde von einer Frau in einer Polizeiuniform aus dem Zug geholt und zu seiner Mutter gebracht. Er sah seinen Vater nie wieder. Seine Mutter pflegte ihn, seine Verletzungen waren nicht sehr schwer, ein gebrochenes Bein und ein verstauchter Arm, doch Vera Asarowa verlor kein Wort über den Unfall und wich Alexej´s Fragen aus.

Wenige Wochen später kam die Polizei zu ihnen nach Hause und die Beamten bläuten Alexej und seiner Mutter ein, mit niemandem über den Unfall zu sprechen. Sonst würden sie ihn und Vera mitnehmen und ins Gefängnis stecken und er würde seine Mutter nie wieder sehen. Alexej´s Familie erfuhr weder die Ursache des Unfalls, noch, wo und wann der Vater bestattet worden war. Alexej litt darunter, er hatte nie die Möglichkeit bekommen, sich von seinem Vater zu verabschieden und es gab keinen Ort, an dem er den Verlust seines Vaters betrauern konnte.

Seit dieser Zeit plagten ihn immer wieder Albträume und Visionen. Immer wieder sah er Bilder von entgleisten Metro-Zügen, Blut, Feuer und den leblosen Körper seines Vaters. Und neuerdings tauchte auch Anna in seinen schrecklichen Visionen auf. Wurde er langsam verrückt?

Seit dem Unfall mied Alexej die Metro. Er konnte die lauten Geräusche,

Züge auf Schienen oder quietschende Bremsen nicht ertragen.

Stattdessen fuhr er die meisten Strecken mit dem Bus und später, als er

alt genug war, mit dem Auto.

Die Müdigkeit übermannte ihn. Er gähnte und schlief kurz darauf, im

Sitzen mit dem Bilderrahmen in der Hand, ein.

15 ALEXEJ

Alexej saß im Führerstand eines Metro Zuges, der mit einer hohen Geschwindigkeit durch einen dunklen Tunnel fuhr. Am Ende des Tunnels konnte Alexej die schon Lichter der nächsten Station erkennen. Er wollte die Geschwindigkeit des Zuges verringern, doch die Bremsen funktionierten nicht. Die Räder ratterten und zischten auf den Gleisen und der Zug raste ungebremst auf die Station zu. Voller Panik umklammerte Alexej den metallenen Griff für die Notbremse und zog mit aller Kraft daran. Doch nichts geschah. Der Zug hatte die Station fast erreicht, als plötzlich vor ihm ein weiterer Zug entgleiste und in Flammen aufging.

Schreiend und schweißüberströmt schreckte Alexej hoch. Seine Bettdecke war nass und klebte an seinem Oberkörper und an seinen Boxershorts. Er brauchte einen Moment, um zu realisieren, dass er sich in seinem Zimmer befand.

Im Raum selbst war es noch immer dunkel, er hatte wohl nur wenige

Stunden geschlafen. Sein Herz raste, sein Atem ging schnell. Er spürte einen heftigen Druck auf der Brust und eine Angst, so als ob er gerade dabei war, etwas Wertvolles unwiederbringlich zu verlieren.

Alexej setzte die nackten Füße auf den kalten Vinylfußboden. Unvermittelt spürte er einen stechenden Schmerz. Er schaute nach unten und stellte fest, dass er mit dem rechten Fuß auf das gerahmte Foto seines Vaters getreten war und sich einen Glassplitter in die Ferse gerammt hatte. Verdammt. Vorsichtig zog er den Splitter heraus. Zum Glück war das Glas nicht sehr tief in die Haut eingedrungen.

Er nahm eine Schachtel Zigaretten und ein Feuerzeug vom Nachttisch, öffnete langsam die Balkontür und trat hinaus. Dort lehnte er sich über die kühle Metallbrüstung, zündete sich einen Glimmstängel an und blies den grauen Rauch in den tiefschwarzen Nachthimmel. Er spürte, wie das beklemmende Gefühl in seiner Brust nachließ und er sich langsam wieder beruhigte. In einigen Fenstern der Hochhäuser um ihn herum brannte noch Licht. Er dachte an Anna. Wo mochte sie jetzt wohl sein?

Als er zu Ende geraucht hatte, trat er ins Zimmer zurück und zog sich an. Dann holte er seinen Rucksack unter dem Bett hervor und begann ein paar Sachen einzupacken - seinen blau-roten Kapuzenpullover mit dem Logo von ZSKA Moskau, Unterwäsche, und einen Krimi, den er vor einiger Zeit begonnen hatte. Als er das Buch einpacken wollte, fiel

sein Blick auf das Foto seines Vaters. Er zögerte, dann löste er das Bild

aus dem kaputten Rahmen und legte es zu den anderen Sachen in den

Rucksack.

Als Alexej in die Küche ging, um etwas Brot und eine Flasche Milch aus

dem Kühlschrank zu nehmen, fiel sein Blick auf die Uhr an der Wand

über dem Esstisch - vier Uhr morgens. Er atmete tief durch, sein Kopf

war klar. Er war wieder nüchtern und fühlte sich bereit für die Fahrt zur

Datscha.

Alexej nahm das Geld und die Schlüssel für das Häuschen auf der

Datscha, die die Mutter auf der Flurkommode bereitgelegt hatte. Dann

zog er sich eine Jacke über, nahm den Rucksack und die Autoschlüssel

und schlich aus der Wohnung.

Mit dem Fahrstuhl fuhr er nach unten und überquerte die Straße. Bevor

er die Fahrertür öffnete, blickte er ein letztes Mal zu den Fenstern der

Wohnung hinauf. Die Wagentür klemmte. Alexej fluchte leise und

ruckelte so lange am Griff, bis die Tür sich endlich öffnete. Erleichtert

ließ er sich auf den Fahrersitz fallen und startete den Motor. Der Lada

sprang sofort an. *Endlich!*

Alexej freute sich, aus der Stadt herauszukommen. Die kommenden

Tage würden ihm helfen, Abstand zu den Geschehnissen der

vergangenen Stunden und Tage zu bekommen.

Er lenkte den Lada aus dem Wohnviertel heraus und auf die Stadtautobahn. Je länger er fuhr, desto ruhiger wurde er. Nach einer Stunde hatte er Moskau hinter sich gelassen und näherte sich den Vororten. Im Radio lief eine Dokumentation über Juri Gagarin, dem Helden der Sowjetunion. Alexej stellte das Radio lauter und lauschte interessiert der Sprecherin, die über die Bemühungen der Sowjetunion, in den 1960er Jahren den ersten Menschen ins Weltall zu schicken, sprach.

16 NADJA

Im Norden von Moskau, im Stadtteil Chimki, nicht weit vom Zentrum entfernt, bereitete sich um diese Zeit eine junge Frau auf ihren Dienst vor. Nadja schluckte hastig eine Kopfschmerztablette und trank dazu ein Glas Wasser. Dann öffnete sie die Tür zum Wohnzimmer.

„Brauchst du noch etwas Mama?"

Ihre Mutter lag blass auf dem Sofa und hatte die Augen geschlossen. Leise und mit zittriger Stimme antwortete sie: „Nein, Liebes ich habe alles."

„Dann bis später! Do swidanija!"

Dann nahm sie ihre Handtasche und verließ eilig die Wohnung. Sie war spät dran, ihr Dienst in der Abteilung für Innere Medizin im Krankenhaus Nr. 5 begann erst um sieben Uhr, doch sie hatte vor Dienstbeginn noch etwas zu erledigen. Der Zustand ihrer Mutter bereitete ihr Sorgen. Sie litt an einer aggressiven Form von Leukämie. Es sah nicht gut aus.

Auf dem Weg zur Metrostation checkte sie die eingegangenen Nachrichten auf dem Smartphone. Anna hatte ihr geschrieben und Bilder vom Check-in am Flughafen geschickt. Der Abschied von ihrer besten Freundin tat Nadja sehr weh. Sie waren seit Kindertagen miteinander befreundet und wussten alles voneinander.

Noch vor ein paar Tagen hatten sie gemeinsam in Nadja´s Küche gesessen, Krimsekt getrunken und Weißbrot mit Kaviar gegessen. Nadja spürte, dass sie ein wenig neidisch auf ihre Freundin war. Anna machte sich einfach aus dem Staub, brach alle Zelte in Moskau ab und wollte sich ein neues Leben im Ausland aufbauen. Dabei ließ sie ihre beste Freundin allein mit ihren Sorgen zurück. Vielleicht wäre Nadja mitgegangen, allein schon aus beruflichen Gründen. Doch sie brachte es nicht übers Herz, ihre Mutter in ihrem schlechten Gesundheitszustand allein zu lassen und ihrer Heimat den Rücken zu kehren. Obwohl ihr durchaus bewusst war, dass die Arbeitsbedingungen in der Krankenversorgung in deutschen Kliniken sehr viel besser als hier in Russland waren. Und wenn sie mit der Mutter zusammen nach Deutschland gehen würde? Dort würde es sicherlich viel bessere Behandlungsmöglichkeiten für sie geben. Nein, das kam nicht in Frage. Ihre Mutter war zu alt und ihr gesundheitlicher Zustand ließ es schlichtweg nicht zu, Moskau zu verlassen. Als musste sie hier bleiben und irgendwie mit der Situation klarkommen.

Nadja liebte ihren Beruf als Ärztin. Schon als Kind hatte sie davon geträumt, anderen Menschen zu helfen und sie von ihrem Leiden zu befreien. Sie erinnerte sich an eine Patientin, die vor einigen Tagen mit starken Bauchschmerzen zu ihr in die Klinik gekommen war. Nach einer gründlichen Untersuchung stellte sich heraus, dass die Frau eine akute Gallenblasenentzündung hatte. Die Gallenblase musste daraufhin operativ entfernt werden. Die Operation verlief erfolgreich und die Patientin erholte sich schnell von dem Eingriff. Sie war so erleichtert und dankbar, dass sie Nadja einen Blumenstrauß mit einem persönlichen Dankschreiben schenkte. Dieser Moment hatte Nadja gezeigt, wie erfüllend die Arbeit sein konnte. Doch solche Momente wurden immer seltener.

Es war in der russischen Bevölkerung kein Geheimnis, dass die Situation im Gesundheitswesen katastrophal war. Immer wieder wurde Nadja in ihrem Berufsalltag mit der harten Realität konfrontiert: Hatte ein Patient Geld, wurde er beim Arzt oder im Krankenhaus ordentlich behandelt, alle anderen mussten zusehen, wie sie an eine gute Behandlung kamen.

Hinzu kam, dass es immer schwieriger wurde, an gute Medikamente zu kommen. Wer es sich leisten konnte, kaufte auf dem Schwarzmarkt ein. Dort erzielten Medikamente, vor allem Schmerzmittel, einen hohen Preis. Die Einkommen in der Bevölkerung waren gering und das Geld knapp. Jeder musste zusehen, wie er klarkam.

Auch Krebsmedikamente waren schwer zu bekommen. Nadja hatte schon mehrmals gehört, wie Kollegen zu ihren Patienten sagten: "Ich kann Sie operieren, die erforderlichen Medikamente müssen Sie selbst besorgen." Für zahlende Patienten waren natürlich Medikamente vorhanden. Doch sie wurden unter Verschluss gehalten.

Das nutzte Nadja für ihre Zwecke. Als leitende Oberärztin auf ihrer Station verwahrte Nadja einen der beiden Schlüssel zum Medikamentenlager. Sie wusste, dass der Medikamentenbestand im Lager nur stichprobenartig kontrolliert wurde. Es war einfach zu wenig Personal vorhanden, um entsprechende Kontrollen lückenlos durchzuführen.

Vor einigen Monaten hatte Nadja einem Bekannten geholfen, ein bestimmtes Krebsmedikament zu besorgen und dafür sehr viel Geld von ihm bekommen. Seitdem stahl sie immer wieder heimlich Medikamente aus dem Lager, verkaufte sie auf dem Schwarzmarkt und verdiente sich etwas Geld dazu.

Nadja wusste, dass die Nachtschicht heute aus Personalmangel nur mit einer Schwester - Vika - besetzt sein würde. Optimale Bedingungen, um wieder ein paar Medikamente für den Schwarzmarkt abzuzweigen und ihre eigenen Finanzen etwas aufzustocken. Vika hatte zwar den zweiten Schlüssel für den Raum, in dem sich das Medikamentenlager befand, doch jemand wie sie käme wohl nie im Leben auf die Idee, unerlaubt Medikamente mitzunehmen. Dafür war sie viel zu anständig und pflichtbewusst.

Als Nadja wenig später auf der Inneren Station des Krankenhauses eintraf, hatte Vika die Beine auf den Tisch am Empfangstresen gelegt und war vollkommen in einen Roman versunken. Bestimmt las das dumme Ding wieder so eine dämliche Liebesgeschichte.

Auf dem Flur, auf dem zu dieser frühen Tageszeit noch die Nachtbeleuchtung eingeschaltet war, war es still. Alle Patienten waren versorgt und schliefen in ihren Zimmern.

Nadja schlich auf Zehenspitzen über den hellen Fliesenboden. Dann blieb sie stehen und schaute sich nach allen Seiten um. Außer Vika, die noch immer in ihr Buch vertieft war und ihre Umgebung gar nicht wahrnahm, war niemand zu sehen. Lautlos schloss Nadja die Tür zum

Lager auf und schaltete das grelle Neonlicht ein. Nach einem kurzen Zögern griff sie mit beiden Händen in das obere Regal und warf mehrere Packungen an Krebsmedikamenten, Schmerztabletten, Betäubungsmittel und allerhand Salben in ihre Handtasche. Sie hielt einen für einen Augenblick inne. Es war nicht richtig, was sie tat. Doch sie hatte keine andere Wahl. Wie sollte sie sonst die hohen Arztrechnungen für die Behandlungen ihrer Mutter bezahlen? Nadja verschloss sorgfältig die Tasche, schaltete das Licht aus und verließ den Raum.

Vika hatte den Kopf auf die Hände gestützt, ihre Augen waren geschlossen und ein leises Schnarchen drang durch die Stille auf dem Krankenhausflur.

Leise und geschickt öffnete Nadja die Tür zur Umkleide und versteckte die Tasche mit den Medikamenten in ihrem Spind. Dann hängte sie ihre Jacke an die Garderobe, zog sich eine weiße Baumwollhose an und streifte den Arztkittel über. Zum Schluss zwirbelte sie die langen schwarzen Haare zu einem Dutt am Hinterkopf zusammen.

Als Nadja kurz darauf an den Stationstresen trat, hatte Vika ihre Lektüre fortgesetzt. Ihre hellgrünen Augen hinter der dicken schwarzen Brille flogen schnell und routiniert über die Zeilen. Auf dem Tisch neben ihr stapelten sich Patientenakten und eine dampfende Tasse mit frisch

gebrühten schwarzen Kaffee verströmte ein kräftiges Aroma. Nadja

liebte schwarzen Kaffee. Doch guter Kaffee war im Moment aufgrund

von Lieferengpässen schwer zu bekommen. Jeder hatte irgendwie seine

geheimen Quellen, aber niemand redete darüber. Nadja lehnte sich über

den Tresen und sog genüsslich den kräftigen aromatischen Kaffeeduft

ein. Das wäre jetzt genau das Richtige, dachte sie.

„Guten Abend Vika!" Ihre Stimme war etwas zu laut und zu freundlich.

Vika zuckte zusammen und blickte erschrocken von ihrem Buch hoch.

„Du schon hier? Dein Dienst beginnt doch erst in zwei Stunden!" Sie

klappte das Buch zu und legte es widerwillig zur Seite. Dann nahm sie

die Beine vom Tisch und erhob sich.

„Ach, ich konnte nicht schlafen und wollte dir etwas Gesellschaft

leisten. Gibt es Neuigkeiten?"

„Möchtest du einen Kaffee? Ich habe meinen gerade erst frisch

aufgebrüht."

„Sehr gern."

"Na dann los."

Nadja folgte Vika ins Schwesternzimmer. Vika öffnete mit einem

Schlüssel eine Schublade und entnahm ihr eine silberne Metalldose mit einer altertümlichen Beschriftung in lateinischen Buchstaben. Dann gab sie einige Löffel in eine Tasse und brühte den Kaffee mit heißem Wasser aus einem Topf, den sie von der Herdplatte nahm. Mit einem schelmischen Grinsen drückte sie Nadja die Tasse mit dem dampfenden Kaffee in die Hand. "Bitteschön, du Nachteule!" Sie lachte.

"Oh, danke!"

Nadja setzte die Tasse an die Lippen und trank langsam und genüsslich einen Schluck.

"Hm, das tut so gut!"

"Ich weiß!" Vika zwinkerte ihr zu. Gemeinsam kehrten sie zum Empfangstresen zurück. "Da du schon hier bist, kann ich dich gleich auf den neuesten Stand bringen."

Vika nahm ein Blatt vom oberen Aktenstapel und begann: „Also, der junge Mann in Zimmer fünf ist gestern verstorben."

„Der mit dem komplizierten Bruch am Schienbein, den wir erst in der letzten Woche operiert hatten?"

„Ja genau."

„Aber woran ist er gestorben? Er hatte doch alles gut überstanden, sollte sich nur noch etwas ausruhen und übermorgen entlassen werden!"

„Lungenentzündung."

„Oh nein. Das darf doch nicht wahr sein! Er war doch noch so jung."

„Ja, erst zweiundvierzig."

„Und die junge Frau aus Zimmer sieben, die mit dem Blinddarm?"

„Alles in Ordnung. Sie konnte heute entlassen werden."

„Na, das ist doch schön."

„Ja und das war es auch schon an Neuigkeiten. Bei den übrigen Patienten ist alles in Ordnung, ihr Zustand ist unverändert."

„Ok!"

Vika schaute auf ihre weiße Plastik Armbanduhr, trank zügig ihren Kaffee aus und klappte ihr Buch zu. Sie erhob sich, ging um den Tresen herum und wandte sich mit einem breiten Grinsen an Nadja: „So, ich muss jetzt los. Valentina und Maria sind gleich da und übernehmen die Frühschicht! Mach's gut, bis morgen!" Sie lief in die Umkleide und warf die Tür hinter sich zu.

„Tschüss Vika! Bis morgen!" Nadja trank einen großen Schluck Kaffee, stellte die Tasse neben sich auf dem Tresen ab und lächelte. Sehr gut. Sie hatte alles unter Kontrolle. Die Medikamente waren sicher in ihrem Spind versteckt und es sah ganz danach aus, dass ihr eine ruhige Schicht bevorstand.

17 ALEXEJ

Die Dämmerung hatte bereits eingesetzt. Ein friedvoller, stiller Morgen.

Am Horizont ging langsam die Sonne auf und färbte den Himmel in

zarte Pastelltöne - violett, rosé und hellblau. Alexej fühlte Erleichterung

und Vorfreude, als er von der Autobahn abfuhr.

Es war die richtige Entscheidung gewesen, aus der Stadt

hinauszufahren. Die Straße wurde jetzt schmaler, war aber immer noch

asphaltiert. Rechts und links erstreckten sich Weizenfelder und am

Horizont erhob sich ein Birkenwäldchen. Als er kurz darauf das

Ortseingangsschild des Dorfes passierte, begann der Motor zu ruckeln.

Komm schon, jetzt nicht ausgehen! Es ist nicht mehr weit!

Kurz darauf lief der Motor wieder normal und Alexej konnte seinen

Weg, der ihn an alten Bauernhäusern aus Holz vorbeiführte, fortsetzen.

Die Farbe war an den meisten Häusern abgeblättert, einige sahen

verlassen aus. Der Lada passierte einen Lebensmittelladen auf der

rechten Seite. Der Besitzer stellte gerade ein Schild mit der Aufschrift *frische Blini und Piroggen* vor dem Eingang auf.

Am Ende des Dorfes befand sich das Grundstück mit dem zweistöckigen Holzhaus und dem Bauerngarten, das seine Eltern vor zwanzig Jahren von einem alten Dorfbewohner gekauft hatten. Ein schmaler Weg über eine abgemähte Wiese führte von der Straße zum Haus. Der Eingang zum Haus befand sich auf der Rückseite. Vom Haus gelangte man über eine steile Böschung bis zum Ufer eines kleinen Flusses. Neben dem Haus befand sich eine Sauna - eine Holzhütte mit Holzpritschen und einem Ofen.

Alexej parkte den Wagen neben dem Haus. Er wollte gerade aussteigen, als sein Herzschlag für einen Augenblick aussetzte. Er sah eine Person, die direkt vor dem Eingang auf der Holzbank saß. Anna? Sie war hier?

Sein Herzschlag beschleunigte sich.

Er stieg aus, knallte die Wagentür hinter sich zu und rannte los. Nervös schaute er nach links und rechts, rannte die Böschung hinab bis zum Ufer. Doch weit und breit war niemand zu sehen. Enttäuscht lief er zurück zum Haus und ließ sich auf der verwitterten Holzbank nieder.

Sein Herzschlag beruhigte sich langsam.

Wieder eine Vision. Seit der Kindheit hatte er immer wieder Vorahnungen und Visionen über zukünftige Ereignisse. Sehr oft hatte er in der Vergangenheit etwas vorausgesehen, was später genauso eintraf.

Die Verletzung einer Mitschülerin beim Sportunterricht, als sie einen

Volleyball annehmen wollte, der direkt auf sie zuflog und sich dabei

den rechten Ringfinger brach, oder als seine Mutter vor ein paar Jahren

nach dem Einkaufen auf einen Fußweg umknickte. Er hatte sie vor dem

Einkauf gewarnt, auf dem Fußweg vorsichtig zu sein. Doch sie hatte ihn

nur ungläubig angesehen und mit dem Kopf geschüttelt.

Den Unfall in der Metro, bei dem sein Vater ums Leben kam, hatte er

nicht vorausgeahnt. Und das beschäftigte ihn noch immer. Vielleicht

hätte er den Tod seines Vaters verhindern können, wenn er ihn

rechtzeitig gewarnt hätte.

Alexej schloss die Tür auf und betrat das Haus. Er atmete den Geruch

nach frischem Holz ein und spürte, wie sich ein Gefühl von

Geborgenheit und Ruhe in ihm ausbreitete.

Der Fußboden bestand aus dunklen Holzdielen.

Im Flur, direkt neben der Eingangstür befanden sich drei Glasvitrinen,

vollgestellt mit Gegenständen aus *Gschel* Porzellan - Butterdosen,

Eierbecher, Teller, Fingerhüte, Karaffen, Salatschüsseln, Salzstreuer,

Schmuckdosen, Suppenschüsseln, Teller, Wodkakrüge und

Zuckerdosen. Seine Mutter liebte diese künstlerisch gestalteten

Gegenstände aus weißem Porzellan mit der typischen kobaltblauen

Bemalung auf weißem Grund im volkstümlichen Stil. Sie fuhr

regelmäßig einmal im Jahr zum Werksverkauf in das Gebiet Gschel, das circa sechzig Kilometer südöstlich von Moskau lag.

Unterhalb der schlichten Holztreppe, die zu den Schlafräumen in der oberen Etage führte, befand sich eine Garderobe. Genau genommen bestand sie nur aus einem einfachen, an der Wand befestigten Holzbrett, an dem zwei schwarze Haken festgeschraubt waren.

Alexej stellte seine Tasche auf den Boden und hängte seine Jacke auf. Vom Flur aus ging es rechts in die Küche und links ins Wohnzimmer.

Die ersten zarten Sonnenstrahlen des anbrechenden Tages schienen durch die hohen Sprossenfenster und brachen sich an den gerahmten Landschaftsbildern, die an den hellen Holzwänden hingen. An der Seite, ein Kamin und davor das Sofa und zwei gemütliche graue Ohrensessel. Vom Sofa aus hatte man einen großartigen Blick auf den schmalen Fluss. Dieser war breit genug, um darauf mit dem Kanu zu fahren. Alexej liebte diese Aussicht. Der Raum war zwar nicht sehr groß, wirkte durch die Einrichtung aber sehr gemütlich.

Hinter dem Wohnzimmer befand sich sein Zimmer. Der Raum war klein, es stand ein Bett darin, auf dem Nachttisch daneben stapelten sich zerlesene Bücher. An der gegenüberliegenden Wand stand ein Kleiderschrank aus Fichtenholz. An dieses Zimmer schloss sich ein Bad an.

Im gesamten Haus war es kühl und Alexej fröstelte. Er ging hinaus, um

Brennholz zu holen, das ordentlich aufgeschichtet an der Holzwand zum Saunahäuschen lag. Alexej nahm mehrere Holzscheite und wollte ins Haus zurückkehren, als sein Blick auf das Kanu fiel, das im Gras vor dem Saunahäuschen lag. Er hielt kurz inne und überlegte, ob er zu dieser frühen Stunde schon bereit für eine ausgedehnte Kanutour auf dem Fluss war. Doch dann schüttelte er den Kopf - dafür blieb später noch genügend Zeit.

Alexej kehrte ins Haus zurück und entzündete ein Feuer im Kamin. Er machte Kaffee, holte die Sandwiches aus dem Rucksack und setzte sich vor dem Kamin. Der Blick auf die Flammen hatte etwas beruhigendes und fast hypnotisierendes.

Im Zimmer wurde es langsam warm. Alexej entspannte sich, trank genüsslich seinen Kaffee und aß. Jetzt, wo er wieder zur Ruhe kam, gewannen die schmerzhaften Erinnerungen an den Abschied von Anna wieder die Oberhand. Der Drang, in diesem Moment eine Pille einzuwerfen, ließ ihn nicht los. Der Schal mit dem letzten Einkauf lag noch im Lada. Alexej erhob sich. Er stand schon auf der Schwelle und wollte zur Tür hinaus gehen, doch er besann sich und kehrte auf sein Lager vor dem Kamin zurück.

Lange saß er einfach nur auf dem Boden und starrte auf die lodernden Flammen. Gab es überhaupt einen Ort, an dem er den Gedanken an Anna entkommen konnte? Denn auch dieser Ort war voll mit Erinnerungen an sie. Unten am Flussufer waren sie sich zum ersten Mal näher gekommen und wurden kurz darauf ein Liebespaar. Voller Wehmut dachte Alexej an dieses besondere Wochenende vor drei Jahren.

18 ALEXEJ

Vor etwa drei Jahren waren sie zu Viert - Alexej, sein bester Freund Vitali, Anna und ihre Freundin Nadja - aus Moskau gemeinsam zur Datscha hinausgefahren, um das Wochenende gemeinsam im Grünen zu verbringen.

Gleich nach der Ankunft brachen Alexej und Vitali zu einer Kanutour auf. Anna und Nadja blieben auf dem Grundstück zurück und verbrachten den Tag mit Sonnenbaden und schwimmen.

Am Abend kehrten die Männer von ihrer Tour zurück. Alle bauten gemeinsam auf dem Sandstrand am Ufer des Flusses Zelte für die Nacht auf, eines für Anna und Nadja, ein weiteres für Vitali und Alexej. Dann sammelten sie am Flussufer Holz und entzündeten ein Lagerfeuer. Dazu luden sie auch den Nachbarn Slawa ein. Alle hatten sichtlich Spaß, die Stimmung war ausgelassen und fröhlich.

Die Frauen hatten sich am Feuer niedergelassen, tranken Bier und unterhielten sich. Slawa, Vitali und Alexej grillten Schaschlik-Spieße und Bratwürste.

Alexej genoss es, mit seinen Freunden in dieser lauen Sommernacht hier am Flussufer zu sitzen und in den Sternenhimmel zu schauen. Während er sich mit Vitali und Slawa über die letzten Erfolge von ZSKA Moskau unterhielt, schweifte sein Blick immer öfter heimlich hinüber zu Anna. Er liebte es, sie heimlich zu beobachten. Ihr schönes Gesicht, mit den warmen braunen Augen, die schönen wilden Locken, ihr Lachen und die weichen, blass roten geschwungenen Lippen.

In diesem Moment überkam ihn ein unbändiges Verlangen, Anna nah zu sein und ihr endlich seine Gefühle zu offenbaren. Alexej war so in seinen Gedanken versunken, dass er Mühe hatte, dem Gespräch mit Vitali und Slawa zu folgen. Beide lachten aus vollem Halse. Offensichtlich hatte Vitali gerade einen Witz gemacht, den Alexej verpasst hatte. Aus Verlegenheit lachte er mit.

Als Nadja sich erhob, um eine Flasche Wasser aus dem Haus zu holen, schweifte Alexej's Blick wieder hinüber zu Anna. Ihr Blick war auf das Feuer gerichtet, sie wirkte nachdenklich und konzentriert. Vitali folgte Nadja und ging ebenfalls ins Haus.

In diesem Moment erwiderte Anna seinen Blick und schaute ihn über die lodernden Flammen hinweg direkt an. Er fühlte sich ertappt und wollte wegsehen, doch sie hielt seinen Blick fest. Die Zeit dehnte sich aus. Es war etwas Magisches in diesem Blick, er rührte an sein Herz. Anna lächelte schüchtern, hob ihre Bierflasche und prostete Alexej zu. Er erwiderte ihren Gruß, hob ebenfalls seine Bierflasche und hatte Mühe, ein Zittern zu verbergen.

Nach dem Essen brachen Vitali und Nadja mit Slawa zu einem Spaziergang auf. Slawa wollte den anderen seine Datscha zeigen. Bevor die Gruppe aufbrach, drehte Nadja sich noch einmal zu Anna um: „Willst du nicht mitkommen?"

Bevor Anna etwas entgegnen konnte, rief Vitali: „Ach, lass doch die beiden Turteltauben!" Er zwinkerte Alexej zu. „Viel Spaß ihr beiden und schön auf das Feuer aufpassen!"

Nadja warf Anna einen enttäuschten Blick zu und ließ sich von Vitali fortziehen.

Alexej und Anna blieben am Feuer zurück. Er nahm einen großen Ast, brach ihn in der Mitte durch und legte nach. Das Feuer loderte auf und rot gelbe Flammen reckten sich in Richtung Himmel. Anna lehnte sich mit dem Rücken an einen verwitterten Birkenstamm.

„Möchtest du noch ein Bier haben?"

„Ja, gerne."

Alexej ging hinunter zum Fluss. Dort hatten sie die Flaschen zum Kühlen ins Wasser gestellt. Er kehrte zum Feuer zurück und setzte sich neben Anna. Mit einem Feuerzeug öffnete er beide Flaschen und reichte Anna eine, dabei streifte er versehentlich ihre Fingerkuppen. Für einen kurzen Moment war er wie elektrisiert. Sie prosteten sich zu und er stellte sein Bier vor sich in den Sand.

Anna hatte die Beine angezogen und die Arme um ihre Knie geschlungen. Sie schwiegen, schauten auf das Feuer, auf die Holzscheite, die knackend ineinander fielen und lauschten dem Plätschern der Wellen. Der Nachthimmel war klar und tiefschwarz. Nicht weit entfernt lag sein dunkelgrünes Kanu im Sand, daneben zwei Holzpaddel.

Alexej war angespannt und überlegte fieberhaft, wie er ein Gespräch beginnen sollte. Er wollte originell sein. Er hasste langweiligen Smalltalk über das Wetter und die Uni. Während er angespannt überlegte, fragte Anna unvermittelt in das Schweigen hinein: „Wo wärst du jetzt gerne?"

Er ließ sich Zeit mit der Antwort, trank einen großen Schluck Bier und hoffte, dass der Alkohol ihm helfen würde, lockerer zu werden und eine lustige Antwort zu finden. Um Zeit zu gewinnen, zog er die Kapuze seines gelben Kapuzenpullovers über den Kopf, streckte lässig die Beine aus und zündete sich eine Zigarette an. Genüsslich zog er am Glimmstängel und blies den grauen Rauch in den tiefschwarzen Nachthimmel. Alexej reichte die Zigarette an Anna weiter.

„Auf der Moskwa paddelnd mit einem Kanu oder mit einem Bier in der Hand auf der Südtribüne im Stadion von ZSKA Moskau." Er grinste über beide Ohren.

„Ach echt?" Anna lachte und stupste ihn in die Seite. Ihre Blicke trafen sich. Dieses Mal hielt Alexej ihren Blick stand und spürte, wie sich sein Herzschlag beschleunigte. Dieses schöne Braun in ihren Augen, er konnte sich darin verlieren, in diesem Gefühl, das diese Augen ausdrückten - so viel Zärtlichkeit und Wärme.

„Ganz ehrlich: Ich bin hier mit dir an diesem wunderschönen Ort und ich möchte absolut nirgendwo anders sein." Er setzte die Bierflasche an die Lippen und nahm einen weiteren Schluck. Als er sie neben sich in den Sand stellen wollte, streiften seine Finger versehentlich ihren Arm. Schnell zog er die Hand zurück. Doch er wandte sich ihr zu und sie hob schüchtern den Blick und schaute ihm tief in die Augen. Alexej's Blick wanderte abwechselnd zwischen ihren Augen und ihrem Mund hin und her. Langsam, ganz langsam näherten sich seine Lippen ihrem Mund. Sie schloss die Augen und hielt die Luft an. Seine rechte Hand strich zärtlich über ihr Haar. Dann beugte er sich zu ihr hinunter und küsste sie so zart, dass ihre Lippen sich ganz sanft und flüchtig berührten. Anna zitterte.

„Ist dir kalt?"

„Ein wenig."

Er zog seinen Kapuzenpullover aus und reichte ihn Anna.

„Komm her." Alexej setzte sich hinter Anna und schlang behutsam seine Arme von hinten um ihren Körper, um sie zu wärmen. Ihr so nah zu sein, löste in ihm eine Welle der Geborgenheit und Liebe aus. Er wollte diesen Moment festhalten und sie nie wieder loslassen. Was auch immer die Zukunft für sie beiden bringen würde, er würde für sie da sein, er wollte sie vor allen Übeln der Welt beschützen, niemand sollte ihr je wehtun.

Sie saßen lange so und schauten schweigend, jeder in seinen Gedanken versunken, auf das Feuer. Sanft streichelte er ihre Arme und küsste ihre Wange. Kurz darauf raschelte etwas im Schilf. Anna erschrak und sprang unvermittelt auf. Alexej war sofort neben ihr.

„Keine Angst! Ich bin bei dir."

Er stand ganz dicht neben ihr. Langsam drehte Anna sich zu ihm um.

„Kannst du mich mal in die Arme nehmen?", sagte Anna leise. Alexej breitete die Arme aus und sie ließ sich in seine Arme fallen. Er spürte ihren beschleunigten Herzschlag ganz nah bei sich, als sie mit geschlossenen Augen mit dem Kopf an seiner Brust lehnte. Sie flüsterte: „Und jetzt halte die Zeit an."

Die Wellen plätscherten sanft ans Ufer, über ihnen der schwarze, wolkenverhangene Nachthimmel.

Während er sie hielt, versuchte Alexej, seinen Atem zu beruhigen. Als sie sich kurz darauf voneinander lösten, bemerkte er ein Glitzern in ihren Augen und eine Träne auf ihrer Wange. Er hob seine Hand und streichelte zärtlich ihre Wange. Ihr Körper bebte, sie konnte ein Schluchzen nicht unterdrücken. „Ruhig Baby. Es ist alles gut."

Alexej nahm ihr Gesicht in beide Hände, seine Augen fixierten ihren Mund und er küsste sie, dieses Mal fordernder und intensiver. Dabei schloss er die Augen und versuchte, diesen Moment voll auszukosten. Als er die Augen wieder öffnete und sich von ihr löste, nahm er allen Mut zusammen und flüsterte: „Anna, ich liebe dich! Und das schon sehr lange! Ich …" Weiter kam er nicht, denn sie erwiderte leidenschaftlich seinen Kuss und streichelte seinen Rücken. Sie ließen sich küssend auf den Sand fallen. Völlig außer Atem drehten sie sich auf den Rücken, lagen Arm in Arm und schauten in den Sternenhimmel.

„Weißt du …", begann er nach einem langen Moment des Schweigens „davon habe ich immer geträumt. Mit dir hier zu liegen und den Sternenhimmel zu beobachten."

Anna lächelte und schmiegte sich fester an Alexej. Während er sanft über ihren Arm streichelte, schlief sie selig an ihn gekuschelt ein. Als kurz darauf die Stimmen der anderen etwas entfernt zu hören waren, blinzelte Anna.

„Willst du weiterschlafen?", flüsterte Alexej zärtlich in Anna´s Ohr. Sie murmelte ein kurzes Ja und drehte sich auf die Seite.

Alexej hob Anna auf seine kräftigen Arme und trug sie zu einem der Zelte, die sie am Nachmittag aufgebaut hatten. Dort legte er sie sanft auf der flachen Isomatte ab und schloss von außen leise den Reißverschluss zum Zelteingang.

Wie beseelt kehrte er zu Vitali und Nadja zurück, die bereits neue Holzscheite aufgelegt hatten und sich angeregt am Feuer unterhielten. Alexej wollte allein sein. Er holte sich eine neue Bierflasche und ließ sich etwas entfernt von den anderen in den Sand fallen und zündete sich eine Zigarette an. Mit bebendem Herzen schaute er nach oben in den sternenklaren Nachthimmel und versuchte, seine Gedanken zu ordnen. Als Vitali und Nadja kurz darauf in ihre Zelte krochen, war er viel zu aufgewühlt, um sich ebenfalls schlafen zu legen. Er blieb allein am Feuer zurück, rauchte eine ganze Schachtel und genoss die Stille der Nacht.

Als der Morgen graute und das Feuer heruntergebrannt war, schlich er auf Zehenspitzen zum Zelt, das er sich mit Vitali teilte, schlüpfte in seinen Schlafsack und schlief kurz darauf ein.

Wenig später hörte er ein Geräusch am Zelteingang. Er öffnete die Augen. Vitali schnarchte selig in seinem Schlafsack. Alexej lauschte: ein leises Kratzen. Was war das? Er musste unbedingt nachsehen. Langsam schälte er sich aus seinem Schlafsack und öffnete vorsichtig den Reißverschluss am Zelteingang. Vor Überraschung kippte er leicht nach hinten und wäre fast auf den schlafenden Vitali gefallen.

Anna stand, nur mit T-Shirt und Slip bekleidet, im fahlen Morgenlicht vor seinem Zelt.

„Was machst du hier?"

„Psst!" Sie hob den Zeigefinger an die Lippen und griff nach seiner Hand. Sie führte ihn hinunter zum Flussufer. Wortlos zog sie ihr T-Shirt und den Slip aus und sprang beherzt in die Fluten. Alexej schaute sich verlegen um, dann entledigte er sich seiner Boxershorts und folgte ihr. Das kalte Flusswasser prickelte auf seiner Haut, ein eisiger Schauer durchzog seinen athletischen Körper, als er mit schnellen Zügen auf sie zu schwamm. Als er Anna erreicht hatte, schlang er seine Arme um ihre Taille und zog sie ganz nah an sich heran. Anna schmiegte sich an seinen Körper, ihr Atem ging schnell. Alexej spürte, dass er sein Verlangen nur schwer zurückhalten konnte. Er nahm Anna auf seine Arme, trug sie aus dem Wasser und legte sie behutsam auf dem Ufersand ab. Dann beugte er sich über sie. Ihr nasses lockiges Haar klebte an ihrem Gesicht, ihre Haut glänzte vom Wasser. Sein Herz schlug heftig, als er ihre Lippen erneut berührte, während ihre Finger über seine Schultern glitten und sich in seinen Nacken gruben.

Anna lachte leise. „Du bist verrückt, mir in den Fluss zu folgen.", flüsterte sie.

„Wenn du springst, springe ich auch", antwortete Alexej und strich ihr behutsam eine Haarsträhne aus dem Gesicht.

Er hielt Anna in seinen Armen und spürte den warmen Sand, während die Sonne langsam höher stieg. Die Welt um sie herum schien für einen Moment stillzustehen, als gäbe es nur sie beide, die Natur und den Fluss, der in diesem Moment alles weggespült hatte - die schmerzhafte Vergangenheit, seine Angst und die Einsamkeit. Er wollte diesen Moment festhalten und zog Anna fester an sich.

„Was machen wir jetzt?" fragte Anna leise, ihre Augen suchten in seinen nach Antworten.

Alexej zögerte. „Leben", sagte er schließlich. „Einfach leben. Ohne Angst, ohne Grenzen, ohne Einsamkeit. "

Sie lächelte und schloss die Augen, während er ihre Hand nahm und sanft seine Finger mit ihren verflocht.

Der Wind rauschte durch die Bäume und in der Ferne erklang der Ruf eines Vogels. Alexej spürte, dass dies der Anfang eines neuen Kapitels seines Lebens war.

Sie konnten nicht ahnen, dass sie die ganze Zeit beobachtet wurden und eine Person in diesem Augenblick den Entschluss fasste, diese Liebe eines Tages zu zerstören.

19 ALEXEJ

Alexej rannte barfuß zur Tür, öffnete sie mit einem gewaltigen Ruck und stürmte hinaus. Erleichtert stellte er fest, dass er die Fahrertür des Ladas nicht verschlossen hatte. Hastig griff er nach dem Fanschal, der auf dem Beifahrersitz lag, und rannte zurück ins Haus.

In der Küche fand er im unteren Schrank ein schweres Kristallglas und eine neue Flasche Wodka. Er lief ins Wohnzimmer zurück, setzte sich auf den Holzboden vor den Kamin und schenkte sich ein. Hastig spülte er gleich zwei Pillen mit dem Alkohol herunter.

Das Zeug wirkte schnell. Er fühlte sich geborgen und glücklich. Dieses unglaubliche Gefühl, als könne er die ganze Welt umarmen. Alexej grinste und lachte laut. Er konnte sich gar nicht mehr einkriegen vor Lachen. Diese trüben Gedanken, er wischte sie einfach weg. Alles war leicht, das Leben war herrlich! Er erhob sich vom Boden und tanzte wild durch das Zimmer. Dabei hob er immer wieder das schwere Kristallglas mit dem Wodka und prostete sich zu.

Kurze Zeit später lag er schwitzend und erschöpft auf dem Sofa und schlief sofort ein.

Alexej schlief unruhig und träumte von einem Passagierflugzeug mit Anna an Bord, das über dem Meer abstürzte. Dann sah er Anna in den

109

Fluten, sie ruderte wild mit den Armen. Schreiend und schweißgebadet wachte er auf.

Das Feuer im Kamin brannte nicht mehr. Alexej blickte auf die Uhr. Es war später Vormittag. Vor ihm auf dem Boden standen zwei leere Wodkaflaschen, daneben lag ein zerbrochenes Kristallglas. Er konnte sich nicht daran erinnern, dass er eine zweite Flasche aus der Küche geholt hatte. Kopfschüttelnd erhob er sich vom Sofa.

Im Bad putzte er sich die Zähne und betrachtete dabei sein Gesicht im Spiegel. Er war blass, die dunkelblonden Haare waren viel zu lang und sein Blick war leer und ausdruckslos. Ein Gespräch mit Anna kam ihm in den Sinn.

Es war am Anfang ihrer Beziehung, sie waren frisch verliebt und glücklich. An einem warmen Frühlingsabend schlenderten sie händchenhaltend durch den Gorki Park und ließen sich im Schatten einer alten Buche auf einer Bank nieder. Alexej legte den Arm um Anna, wandte sich zu ihr und küsste sie zärtlich. Als sie sich voneinander lösten, sagte Anna: „Ich möchte noch so viel über dich erfahren, Alexej! Ich habe das Gefühl, dass ich gar nichts über dich weiß."

„Der geheimnisvolle Alexej! Das mag ich!" Er lachte laut auf.

„Nein, jetzt im Ernst: Wenn du etwas wissen möchtest, dann frag mich doch!"

„Hm, das ist nicht so einfach."

„Ach, na los, trau dich!"

„Es gibt da etwas, das mir an dir aufgefallen ist."

„Oh, jetzt wird's interessant." Er zwinkerte ihr zu.

Nachdenklich spielte sie mit dem silbernen Armband an ihrem Handgelenk, ein Geschenk von Alexej.

„Also gut. Ist dir in deinem Leben schon einmal etwas sehr Grausames widerfahren?"

„Wie meinst du das?"

„Na eine schlimme Erfahrung oder ein Schicksalsschlag?"

Die Frage überraschte ihn. Alexej wurde unruhig, stand abrupt auf und begann nervös vor der Bank auf und abzugehen. Die Kieselsteine knirschten unter seinen Schuhen. Er fühlte sich auf eine unangenehme Art und Weise ertappt. Alexej mochte es nicht, wenn Menschen ihn durchschauten und er achtete sehr darauf, für seine Mitmenschen immer etwas geheimnisvoll zu bleiben.

„Wieso fragst du?"

Anna rutschte nervös auf der Bank hin und her.

„Die meisten Augen sind langweilig und ausdruckslos. Aber bei dir ist es anders - deine Augen sind anders. Das ist mir schon bei unserer ersten Begegnung aufgefallen."

„Aha."

„Ja. Ich habe noch nie eine so tiefe Verzweiflung in einem Gesicht gesehen, so viel Trauer und Schmerz. Und ich frage mich die ganze Zeit: Was haben diese Augen gesehen? Was hat diesen tiefen Schmerz und diese Trauer ausgelöst?"

„Oh, das klingt gewaltig. Das hat mich noch nie jemand gefragt."

„Wir sind noch so jung, Alexej und haben das Leben noch vor uns. Unser Blick auf die Welt sollte fröhlich und unbeschwert sein. Aber in deinen Augen sehe ich, dass eine schlimme Erfahrung dein Leben so sehr erschüttert haben muss, dass der Schmerz in deinen Augen geblieben ist. Selbst wenn du lachst - die Trauer ist immer da."

Alexej räusperte sich und überlegte fieberhaft, wie er das Gespräch auf

111

ein anderes Thema bringen konnte. „Du bist viel zu neugierig!"

Er zündete sich eine Zigarette an. Dabei bemerkte Anna, seine Hände zitterten, als er die Zigarette an seine Lippen führte.

„Entschuldige, aber was ist falsch daran, wenn ich dich richtig kennenlernen will? Wenn ich etwas aus deinem Leben und deiner Vergangenheit erfahren will, um zu verstehen, wer du wirklich bist?"

„Nichts. Aber es gibt in meiner Vergangenheit Dinge, die man besser ruhen lassen sollte."

„Warum?"

„Anna, ich will nicht darüber reden!"

„Hat es etwas mit der Metro zu tun?"

„Lass es einfach!"

Mit diesen Worten drehte er sich um und ging davon.

Nach diesem Gespräch hatte Anna ihm nie wieder Fragen zu seiner Vergangenheit gestellt. Doch er hatte gespürt, dass es sie tief verletzt hatte, dass er sich ihr gegenüber nicht öffnete.

Er duschte ausgiebig und ging wieder zurück ins Wohnzimmer. Durch das Panoramafenster sah er hinunter auf den Fluss. Es war ein grauer Tag, die Wolken hingen tief. Egal!

Alexej ging ins Schlafzimmer, zog sich einen dicken grauen Hoodie und eine Jogginghose über.

Als er kurz darauf die flache, zum Fluss ausladende Uferböschung hinab ging, spürte er die kühle Brise, die vom Flussufer heraufzog.

Er ging bis an das Ufer heran, bog leicht nach rechts ab und setzte sich etwas versteckt hinter Bäumen und Sträuchern, auf den umgekippten Baumstamm einer alten Birke. Das war sein Lieblingsort, wenn er allein sein und über etwas nachdenken wollte. Hier störte ihn niemand.

Alexej hatte sich oft als Kind hierher zurückgezogen, wenn er traurig war. Und später kam er als Jugendlicher immer wieder hierher zurück, wenn er Ruhe vor seinen Eltern haben wollte. Auch Anna hatte er seinen Lieblingsort gezeigt. Sie hatten viele Abende händchenhaltend nebeneinander auf dem Baumstamm gesessen und von ihrer gemeinsamen Zukunft geträumt: einer eigenen Wohnung, Familie und Kindern. Und einer eigenen Datscha. Später, wenn sie mit dem Studium fertig waren.

Alexej berührte mit den Händen die raue Birkenrinde und dachte an den Abschied am Flughafen. An diese merkwürdige Situation, von jemandem Abschied nehmen zu müssen, dem man einst sehr nah gewesen war. Von jemandem, dessen Körper, dessen Haut man gespürt hatte, von den tiefen Gefühlen, die diese Person ausgelöst hatte. Anna war abweisend gewesen und hatte ihn voller Angst und wie einen Fremden angeschaut. In ihrem Blick war jegliche Zärtlichkeit verschwunden, wie ausgelöscht. Das schmerzte ihn. Alexej hatte erst wenige Stunden vor ihrer Abreise herausgefunden, wann die Aeroflot Maschine vom Flughafen Sheremetjevo nach Berlin abheben würde. Er erinnerte sich, wie brüchig seine Stimme geklungen hatte, als er sich endlich dazu durchgerungen hatte, Anna's Mutter Sina anzurufen und nachzufragen. Sina wollte zunächst nicht mit ihm sprechen, hatte dann aber doch Mitleid mit ihm und ihm die Abflugzeit und die Flugnummer durchgegeben.

Daraufhin war er sofort zum Flughafen aufgebrochen. Er hatte sich zum damaligen Zeitpunkt keine Gedanken darüber gemacht, wie Anna reagieren würde, wenn er vor ihr stand. Es zog ihn zu ihr. Er wollte sie ein letztes Mal sehen, mit ihr sprechen, sie berühren, bevor er sie für immer verlieren würde. Das war nicht die beste Idee gewesen, das wusste er jetzt. Es war zu viel passiert, er hatte zu viele Fehler gemacht, die er nicht wiedergutmachen konnte.

Und dann hatte er sich zu dieser Aktion hinreißen lassen, hatte sie festgehalten und rumgebrüllt, dass sogar der Sicherheitsdienst auf ihn aufmerksam geworden war. Was hatte er sich nur dabei gedacht? Er schämte sich für sein Verhalten. Aber er war so wütend gewesen, auf sich, auf Anna, auf alle. Er wollte sie nicht gehen lassen, wollte sich das Ende ihrer Beziehung nicht eingestehen. Und Anna? Sie hatte sich etwas in den Kopf gesetzt, ein Abenteuer im Ausland und würde es sicher bald bereuen. Was wollte sie überhaupt in Deutschland?

Ein feiner Nieselregen fiel aus dem wolkenverhangenen Himmel und Alexej spürte die zarten Regentropfen, die sich wie ein dünner Wasserfilm über sein Haar und sein Gesicht legten. Schon wieder Regen! Alexej zog die Jacke enger um sich. Dann schloss er die Augen und lauschte in den Regen. Plötzlich hörte er, wie jemand seinen Namen rief. Überrascht öffnete er seine Augen und blickte sich um. Aber es war niemand zu sehen, er saß noch immer allein und im Nieselregen auf dem alten Birkenstamm. Weiter unten, am Ufer zwischen den Bäumen, entdeckte eine Ente, die munter vor sich hin schnatterte. Seine Sinne spielten ihm mal wieder einen Streich!

Vor seinem inneren Auge sah er wieder Annas schönes Gesicht umrahmt von den schönen Locken. Anna!

Alexej spürte plötzlich eine ungeheure Wut in sich aufsteigen. Jeder Muskel in seinem Körper spannte sich an. Er sprang auf und begann mit voller Wucht mit der Faust auf den Baumstamm einzuschlagen. Dabei schrie er seine Wut heraus: „Dann hau doch ab! Verschwinde, du blöde Kuh! Ich komme hier auch ohne dich wunderbar klar! Niemand, der mir Vorschriften macht und mich ändern will!" Wieder und wieder schlug er zu, bis seine Fingerknöchel brannten, die Haut an den Händen aufriss und das Blut auf die Rinde tropfte. Schließlich sank er erschöpft und keuchend zu Boden, zog die Knie an und starrte auf seine blutigen Hände. Der Schmerz brannte in seinen Handflächen. Einige Augenblicke später zog er sich an der rauen Baumrinde hoch und ging hinunter an das Flussufer. Das kalte Wasser schmerzte, doch er hielt seine Hände hinein und schrubbte den Schmutz und das Blut ab.

20 ALEXEJ

Als die Wunden gereinigt waren, ging er mit müden Schritten zurück ins Haus. Im Badezimmer setzte er sich auf den kalten Fliesenboden und verband notdürftig seine verletzten Hände.

Dann kramte er sein Smartphone aus der Vordertasche seines weißen Kapuzenpullovers. Auf dem Startbildschirm hatte er noch immer ein Foto von sich und Anna. Das Bild zeigte sie am Flussufer bei Pizza und Bier. Lachend hielten beide ein Stück Pizza in die Kamera. Damals waren sie noch unbeschwert und glücklich. Alexej strich zärtlich mit dem Finger über ihr Gesicht auf dem Display. Dann schloss er die Augen.

Wieder hatte er einen Menschen verloren, der ihm etwas bedeutete. Es war seine Schuld. Er hatte eine Lösung für sich gefunden, die schrecklichen Bilder vom Unfall seines Vaters und den Schmerz über den Verlust wenigstens für eine kurze Zeit - wenigstens für ein paar Stunden - auszublenden: ein Glas Wodka und eine Ecstasy Pille und es ging ihm besser. Manchmal nahm er auch eine Pille gegen die Müdigkeit, wenn er die Nacht im Club durchtanzen wollte. Er hatte Anna nie von dem Unfall erzählt. Er konnte es nicht. Wie sollte er etwas in Worte fassen, das er selbst nicht verstand? Es war ihm für einige Zeit gelungen, seinen gelegentlichen Drogenkonsum vor Anna geheim zu halten. Doch er hatte stets mit der Angst gelebt, dass sie ihn irgendwann mit den Pillen erwischen würde.

Eines Tages hatten sich seine schlimmsten Befürchtungen bestätigt.

Es war an einem Samstagabend. Sie fuhren gemeinsam mit Vitali und Nadja zum Techno Club NEXUS im Zentrum von Moskau. Der Bass dröhnte durch den Raum, als die Freunde den Club betraten - ein lauter und pulsierender Ort, der von neonfarbenen, flackernden Lichtern durchzogen war. Anna und Nadja lachten laut, während sie sich mit Alexej und Vitali den Weg durch die Menge bahnten. An der Bar bestellte Alexej für seine Freunde den angesagten "Borschtsch-Twist", einen Cocktail mit roter Beete, der unter den Moskauer Partygängern gerade schwer angesagt war. Anna und Nadja stürmten auf die Tanzfläche und ließen sich von der Musik mitreißen. Alexej und Vitali blieben an der Bar zurück, stießen immer wieder mit ihren Gläsern an und prosteten sich zu. Der Wodka brannte angenehm in Alexej's Kehle. Er war glücklich und fühlte sich leicht und frei. Es war eine Nacht ohne Sorgen und voller Lachen. Die Zeit schien stillzustehen, als er sich wenig später auf einem weichen Ledersofa niederließ, eine Zigarette rauchte und seine Freunde dabei beobachtete, wie sie ausgelassen feierten. Überrascht stellte er fest, dass Nadja ihm von der Tanzfläche immer wieder lange Blicke zuwarf, die er nicht deuten konnte.

Kurz vor Mitternacht zog er sich in eine Ecke zurück und warf heimlich eine Ecstasy Pille ein. Plötzlich spürte er Anna's Blick in seinem Rücken.

Er wandte sich langsam zu ihr um. Ihre Hand zitterte leicht und der

Ausdruck auf ihrem Gesicht schwankte zwischen Entsetzen und Verwirrung. "Alexej, was machst du da?" Anna´s Stimme klang brüchig, fast ungläubig. Alexej versuchte, ruhig zu bleiben, doch der Blick, den Anna ihm zuwarf, traf ihn wie ein Schlag.

"Es ist nichts", sagte er schnell, aber der Zweifel in seiner Stimme war kaum zu überhören. Anna machte einen Schritt auf Alexej zu. Ihre Gesichtszüge waren wie erstarrt.

"Was soll das, Alexej?"

Anna´s Worte trafen Alexej direkt ins Herz und er spürte, wie der Raum plötzlich enger wurde. Sie standen sich jetzt direkt gegenüber und die Stille zwischen ihnen war für ihn fast unerträglich. Er konnte den Schmerz in ihren Augen sehen, der tiefer ging als jeder Vorwurf. Doch er wusste nicht, was er sagen sollte, seine Kehle war wie zugeschnürt und er konnte keinen klaren Gedanken fassen.

Anna wandte sich ab und verließ, ohne ein weiteres Wort, den Club. Alexej war vor Schreck wie gelähmt und unfähig, ihr zu folgen. Wie versteinert blieb er an der Stelle stehen, an der Anna ihn erwischt hatte. In diesem Moment wusste er, dass etwas zwischen ihnen zerbrochen war.

21 ALEXEJ

Nach dem Vorfall im Club brach Anna den Kontakt zu Alexej für einige Wochen ab. Die Situation überforderte ihn, er konnte nicht schlafen und fühlte sich schlecht. Doch er schaffte es nicht, über seinen Schatten zu springen und die Initiative zu ergreifen. Er wollte sich Anna gegenüber nicht erklären und hoffte, dass sie den Vorfall auf sich beruhen ließ und sich mit der Zeit alles wieder einrenken würde.

Einen Monat später trafen sie beim Volleyballtraining aufeinander. Alexej freute sich, Anna wiederzusehen und wollte sie bei der Begrüßung in die Arme nehmen. Doch Anna verweigerte die Umarmung, wandte sich ab und verschwand wortlos in der Umkleide.

Beim Training spielte er mit ihr in einer Mannschaft, doch er hatte Mühe, sich auf das Spiel zu konzentrieren. Er hatte den Kopf nicht frei, das Wiedersehen hatte ihn aufgewühlt. Je mehr er versuchte, seine Gedanken zu ordnen und auf das Spiel zu richten, desto weniger gelang ihm. Er spielte seinen Mitspielern unsauber zu und fast alle von ihm angenommenen Bälle landeten im Aus.

Kurz vor Trainingsende verlor Anna endgültig die Geduld und herrschte Alexej auf dem Spielfeld an: „Der Ball ist schon wieder im Aus gelandet! Was soll das, Alexej? Konzentrier' dich mal!"

Da wurde es ihm zu viel. „Was soll ich denn machen, wenn du mir die Bälle nicht richtig zustellst? Es ist alles deine Schuld!"

„Das stimmt doch gar nicht!"

„Ach Kacke!"

Daraufhin schleuderte er den Ball wütend gegen die Turnhallenwand, verließ das Spielfeld und verschwand in der Umkleide. Er zog sich schnell um, nahm seine Sachen und verließ, ohne sich von seinen Mitspielern zu verabschieden, mit schnellen Schritten die Halle.

Anna griff kopfschüttelnd nach ihrer Sporttasche und folgte Alexej. Sie holte ihn auf halbem Weg zu seinem Auto ein und versperrte ihm den Weg. Alexej ahnte, was jetzt kommen würde. Er hasste Auseinandersetzungen.

„Wieso hast du mich da drin gerade so angebrüllt?"

„Ach jetzt redest du plötzlich wieder mit mir!"

„Ja, das tue ich! Ich hatte ja auch allen Grund dazu, nicht mit dir zu reden! Aber anbrüllen lasse ich mich auch nicht!"

„Mann Anna, es tut mir leid! Ich war einfach sauer, weil heute nichts wirklich funktioniert hat und ich keinen einzigen Ball sauber gespielt habe."

„Das stimmt. Und deswegen musst du gleich so rumbrüllen?"

„Ich sagte doch gerade, dass es mir leidtut! Kann ich jetzt nach Hause fahren?"

„Noch nicht!"

„Was denn noch?"

„Das weißt du ganz genau! Ich muss mit dir reden! Jetzt und hier!"

„Auf einmal! Als ich mit dir reden wollte, hast du meine Nachrichten und Anrufe komplett ignoriert!"

„Ich wollte dir Zeit geben zum Nachdenken!"

„Ach ja?"

„Ja! Und jetzt klären wir die Sache und du erzählst mir, was vor vier Wochen Club los war!"

„Ich weiß nicht, was du meinst!"

„Oh doch, das weißt du ganz genau!"

„Mann, du nervst! Ich will jetzt nicht reden, ich bin todmüde!" Alexej wandte sich mit einer abwehrenden Handbewegung ab, warf seine Sporttasche über die Schulter und setzte den Weg zu seinem Auto fort.

„Soll ich dich zu Hause absetzen?"

„Alexej, wir müssen jetzt darüber reden!"

„Lass mich doch in Ruhe! Hast du es nicht kapiert? Ich habe keinen Bock zu reden! Ich will nur nach Hause und schlafen!"

„Ich kann immer noch nicht glauben, was ich im NEXUS gesehen habe! Was machst du für einen Scheiß! Antworte mir, Alexej! Nimmst du das Zeug schon lange?"

Er zuckte mit den Schultern, dann stieg er ein, ließ die Autotür aber noch einen Spalt offen.

„Alexej, ich mache mir Sorgen um dich. Was soll das? Willst du dein Leben zerstören?"

„Willst du dein Leben zerstören?", äffte er Anna nach. „Mann, dein hysterisches Gequatsche nervt! Ich fahre jetzt! Steig ein oder lass es!"

Anna rührte sich nicht vom Fleck. Alexej startete den Motor, trat aufs Gaspedal und brauste davon.

Es war ein Fehler gewesen, sich dieser Aussprache zu entziehen, das wusste er jetzt.

Doch es war nicht mehr zu ändern. Alexej öffnete die Augen, schaltete auf seinem Smartphone den Flugmodus ein und schob das Telefon zurück in die Vordertasche seines Hoodies.

Zu gern hätte er gewusst, wo Anna jetzt war und mit wem. Dieser Gedanke schmerzte ihn, er brauchte jetzt unbedingt eine Ablenkung. Er erhob sich und ging ins Wohnzimmer. Dort kramte er aus einem Schrank im Wohnzimmer seine Spielkonsole hervor. Sie war fast fünfundzwanzig Jahre, doch er liebte es immer noch, die alten Spiele auf der Konsole zu spielen. Besonders das Spiel *Teenage Ninja Turtles*. Und das aus einem einfachen Grund, wie er seinem Freund Vitali einmal mit einem Grinsen erklärt hatte: „Immer Pizza, böse Jungs vermöbeln und eine heiße Reporterin. Was will man mehr? Wenn ich könnte, würde ich nur in dieser Welt leben." Vitali hatte daraufhin gelacht und mit dem Kopf geschüttelt. Er machte sich rein gar nichts aus Videospielen.

Alexej spielte die Nacht hindurch und saß, als der Morgen dämmerte und das erste graue Morgenlicht durch die großen Panoramafenster fiel, noch immer vor der Spielkonsole. Als ihm vor Müdigkeit langsam die Augen zufielen, schaltete er die Konsole aus. Er streckte sich auf dem Sofa aus, deckte sich mit einer Wolldecke zu und schlief kurz darauf ein.

22 ALEXEJ

Am nächsten Morgen trat Alexej in seinem schwarzen Neoprenanzug aus dem Haus, schnappte sich sein Kanu, das auf der Wiese lag, und ging hinunter zum Fluss. Am Ufer setzte er das Kanu vorsichtig auf dem Sand ab und schob es langsam ins Wasser. Mit einer kurzen fließenden Bewegung hievte er sich in das Boot und stieß sich mit dem Paddel vom Ufer ab. Das klare eisblaue Wasser war ruhig und hatte eine leichte Strömung. Schon nach den ersten Minuten auf dem Wasser fühlte Alexej sich wohl. Er paddelte gleichmäßig und kam gut voran. Er nahm sich vor, bis zur Mündung zu paddeln und dann umzukehren, dann würde er bis zur Dämmerung zurück sein.

Auf seiner Route paddelte am Haus seines Nachbarn vorbei. Bwascheslav, den alle Dorfbewohner nur Slawa nannten, schien nicht da zu sein. Vielleicht war er bei der Arbeit. Wo genau er arbeitete, wusste Alexej nicht. Slawa wich allen Fragen dazu aus. Doch Alexej mochte ihn, auch wenn sein Nachbar ein merkwürdiger Kerl war: um die sechzig, mit schwarzen, lockigen Haaren, braunen Augen, einer Hornbrille und einem viel zu engen Muskelshirt, das an ihm irgendwie merkwürdig aussah, engen Shorts und alten Filzpantoffeln. Manchmal machte Slawa am frühen Morgen am Ufer Yogaübungen. Wenn man von Äußeren ausging, hätte man ihm so eine filigrane Art der Bewegung gar nicht zugetraut. Überhaupt war er sehr intelligent und belesen, in seinem Bungalow hatte er sogar eine Privatbibliothek eingerichtet. Sein Lieblingsthema waren sowjetische Panzer. Früher hatte er in der Armee gedient. Seitdem sammelte er alle Bücher, die er zu diesem Thema bekommen konnte. Darüber hinaus war Slawa ein stiller Mensch, der nicht viel redete. Er lebte allein, seine Frau war vor langer Zeit gestorben. Die Ehe war kinderlos geblieben.

Alexej paddelte weiter, am Ufer zog jetzt das Birkenwäldchen vorbei. Die weißen Stämme bildeten einen Kontrast zum Grau ringsum, die dreieckigen Blätter hatten sich bereits in ein schönes Buttergelb verfärbt. Danach erstreckten sich links und rechts abgeerntete Weizenfelder, soweit das Auge reichte. Alexej tauchte das Paddel gleichmäßig in das glasklare Flusswasser, machte lange, kraftvolle Schläge. Die Luft war kühl und feine Nebeltropfen setzten sich in seinen Haaren fest. Das Kanu glitt sanft über den Fluss und Alexej kam gut voran. Nach ein paar Metern nahm er das Paddel aus dem Wasser und ließ sich treiben. Er fühlte sich befreit, eins mit der Natur und geborgen.

Hier draußen musste er mit niemandem reden. Hier musste er sich nicht

erklären, niemandem Rechenschaft ablegen. Er konnte einfach er selbst -

Alexej Asarow - sein. Schon immer hatte es Phasen in seinem Leben

gegeben, in denen er immer mal wieder abgetaucht war, sich vom

lauten Alltag in die Natur zurückgezogen hatte. Er brauchte diese

Auszeiten, in denen er seine Ängste und Sorgen für einen Augenblick

vergessen und seine Gefühle verdrängen konnte. Waren wir alle nicht

auf der Flucht? Vor unseren Gefühlen, vor unserem Leben, vor unseren

Ängsten? Alexej hatte Anna nie von seiner Angst erzählt. Von der

lähmenden Verzweiflung, die ihn überkam, sobald er eine Metrostation

betrat. Er hatte ihr lediglich gesagt, dass er nicht gern mit der Metro

fuhr. Und sie hatte diesen Umstand hingenommen und nicht weiter

nach den Gründen gefragt.

Wieso konnte er nicht einfach vergessen, was damals passiert war? Die

Bilder aus seinem Kopf verbannen? Er war nicht schuldig am Unfalltod

seines Vaters. Doch er hatte nie eine Antwort auf die Frage erhalten, was

dazu geführt hatte, dass der Zug entgleist war. Alexej musste sich für

den Rest seines Lebens damit abfinden, dass diese Frage unbeantwortet

blieb. Doch mit den Jahren und je älter er wurde, spürte er immer mehr

eine Mattigkeit und Kraftlosigkeit und ein schwerer Druck lastete auf der Brust. Diese Schwäche wollte Alexej Anna auf keinen Fall offenbaren. Daran war ihre Beziehung letztendlich zerbrochen. Das wurde ihm jetzt klar.

Er atmete tief durch. Er wollte sich nicht mehr den Kopf über die Vergangenheit zerbrechen. Es war vorbei und er konnte nichts tun, um seine Fehler ungeschehen zu machen. Er schaute nach oben, die Sonne kämpfte sich mühsam durch die grauen Wolken und vertrieb die dichten Nebelschleier über dem Wasser. Alexej setzte zu einem Sprint an, das Boot gewann an Geschwindigkeit und die Paddel pflügten durch das glänzende glasklare Wasser.

23 ANNA

Lautes Flattern und dazu ein heulender Wind drangen an ihr Ohr. Ein kalter, unangenehmer Luftzug. Anna öffnete langsam die Augen. In dem Zimmer war es fast dunkel. Etwas unscharf bemerkte sie im letzten Tageslicht an der Zimmerdecke die weißen Quadrate der Deckenverkleidung. Ihr Blick wurde allmählich klarer. Jetzt konnte sie kleine schwarze Punkte auf den Paneelen erkennen und die grauen Aluminiumleisten an den Seiten. Merkwürdig, dachte sie. Zuhause sah die Zimmerdecke ganz anders aus. Dann fielen ihr die Augen wieder zu. Ihr war kalt und sie wollte die Bettdecke höher ziehen, doch ihre Arme gehorchten ihr nicht. Ein scharfer und beißender Geruch nach Desinfektionsmitteln drang in ihre Nase. Wo war sie? Und was war passiert?

Mit einiger Mühe konnte Anna mühsam die Augen wieder öffnen. Aus den Augenwinkeln erkannte sie rechts ein angekipptes Fenster, dahinter war der Himmel dunkelgrau und ging langsam in die Nacht über.

Offenbar stürmte es draußen, denn der Wind peitschte die gelben Lamellenvorhänge gegen den Fensterrahmen. Das Geräusch störte sie, sie musste unbedingt aufstehen und das Fenster schließen. Aber Anna konnte sich nicht bewegen, ihr gesamter Körper gehorchte ihr nicht. Sie wollte den Kopf drehen, doch er war wie auf dem Kopfkissen festgetackert. Wieder und wieder versuchte sie ihren Körper unter Kontrolle zu bringen, bis sie schließlich erschöpft aufgab. Tränen stiegen ihr in die Augen. Wo war sie nur? Wer hatte sie hierher gebracht? Sie konnte sich nicht erinnern. Doch eines wusste sie sicher - sie wollte jetzt eigentlich in Berlin sein. Doch irgendetwas war dazwischen gekommen. Nur was? Dann kam langsam die Erinnerung zurück. Sie hatte am Counter die Boardingkarte und den Ausweis vorzeigen wollen, als es ihr plötzlich schlecht ging. Ihr war übel geworden, und sie war schnell zur Toilette gerannt. Wenig später war sie auf dem Boden aufgewacht, ihr Kopf hatte geschmerzt. Der junge Mann vom Sicherheitsdienst hatte sie ins Krankenhaus fahren wollen. Ja, richtig. Sie konnte sich noch erinnern, wie sie in seinen Wagen gestiegen war. Doch kurze Zeit später hatte sie wieder das Bewusstsein verloren.

Plötzlich spürte sie, wie jemand ihre Hand nahm. Sie erschrak, als sie die angenehme Wärme spürte. Die Hand war weich und warm und streichelte sanft über ihren Handrücken. Anna beruhigte sich. Aber wer war bei ihr? Dieser jemand musste direkt neben ihrem Bett sitzen. Sie schaffte es nicht, den Kopf zu drehen, um zu erkennen, wer die Person war. Aus dem Augenwinkel konnte sie nur eine Silhouette erkennen.

Vor Erschöpfung fielen Anna die Augen zu und sie schlief wieder ein.

Als sie das nächste Mal erwachte, spürte sie immer noch, wie ihre Hand von jemandem gehalten wurde. Im Zimmer war es dunkel. Etwas entfernt hörte sie laute Stimmen, offenbar ein Streit, doch sie verstand nicht, worüber gesprochen wurde.

Plötzlich beugte sich jemand über sie. Sie erkannte ein vertrautes Gesicht und atmete erleichtert auf. Es war Nadja! Ihre beste Freundin Nadja! Jetzt würde alles gut werden. Vor Freude rannen ihr Tränen über die Wangen. Nadja war Ärztin und hatte sicherlich eine Erklärung dafür, was ihr am Flughafen widerfahren war.

Doch die Augen der Freundin waren kalt und bedrohlich. Ihre Stimme klang völlig verändert und sehr böse.

„Du bist also immer noch in Moskau! Ich dachte, ich wäre dich endlich los! Aber ich werde mir schon etwas für dich einfallen lassen!"

Anna lief ein eisiger Schauer über den Rücken. Sie wollte etwas entgegnen, doch ihre Zunge war wie betäubt. Sie bekam kein Wort heraus und röchelte nur. Mit vor Schreck geweiteten Augen starrte

Anna ihre Freundin an. Sie konnte nicht glauben, was sie gerade gehört hatte.

„Ja, da guckst du, du Miststück! Du hast mir Alexej weggenommen. Du hast ihn nicht verdient. Aber der Trottel hängt immer noch an dir. Aber ich werde schon dafür sorgen, dass er erkennt, was für eine dämliche Kuh du bist und dass er froh sein kann, dass er dich los ist. Aber vorher muss ich dafür sorgen, dass du verschwindest und dich niemand findet!"

Anna stiegen Tränen in die Augen und ein Schluchzen entrang sich ihrer Kehle. Nadja schaute unbeeindruckt zu ihr herunter. Dann zog sie eine Spritze mit einer weißlichen Flüssigkeit auf, griff nach Annas rechten Arm und stach die Nadel unsanft in die Armbeuge. Anna wand sich, doch sie war wie gelähmt, ihr Körper gehorchte ihr nicht. Im nächsten Augenblick spürte sie, wie sich etwas Kaltes von ihrer Armbeuge nach oben und über den gesamten rechten Arm ausbreitete. Es fühlte sich unangenehm an. Dann wurde sie von einer heftigen Müdigkeit übermannt. Sie kämpfte mit aller Macht dagegen an und wollte nicht schlafen. Doch das Mittel wirkte schnell. Ihre Gedanken verschwammen, und die Dunkelheit zog sie unwiderstehlich in ihren Bann.

24 ANATOLI

„So ein Zufall, dass wir uns ausgerechnet hier treffen. Ich wusste nicht, dass du Ärztin bist", flüsterte Anatoli.

„Du weißt so einiges nicht über mich", zischte Nadja und ein eisiges Lächeln huschte über ihre Lippen.

„Hast du das Zeug dabei?"

„Nicht hier. Das machen wir später."

„Meinst du, sie haben etwas bemerkt?"

„Ich denke nicht, aber du musst vorsichtiger sein. Ich kenne Maxim von der Polizei und bis jetzt hat er noch keinen Verdacht geschöpft."

Anatoli wies mit dem Kopf auf Anna. Sie lag reglos im Krankenbett. Ihr Atem war sehr flach. „Was hast du ihr gegeben?"

„Ein starkes Beruhigungsmittel."

„Willst du sie umbringen?"

„Ehrlich gesagt, war genau das mein Plan!" Sie holte ein kleines Etui aus ihrem Arztkittel und zeigte ihm eine kleine Spritze mit bläulichen

Flüssigkeit. "Hiermit könnte ich die Schlampe sofort erledigen, aber das

hebe ich mir für später auf. Dann machte sie eine Pause und

beobachtete, wie Anatolis Gesichtsausdruck sich veränderte.

"Guck nicht so! Ich kann diesen mitleidigen Blick nicht ertragen! Ich

will diese Schlampe nicht mehr sehen!"

„Was hat sie dir denn getan?"

„Das geht dich gar nichts an!"

„Musst du sie deswegen gleich umbringen?"

„Wieso denn nicht? Ich habe alle notwendigen Mittel, um es zu tun."

„Ich hätte nicht gedacht, dass du so abgebrüht bist."

„Menschen sterben ständig. Und wen interessiert es? Auf einen mehr

oder weniger kommt es doch nicht an."

Fassungslos starrte Anatoli Nadja an. Ihre schwarzen Augen blitzen

böse und Anatoli wich einen Schritt zurück.

"Ich kann nicht glauben, dass du das wirklich tun willst. Woher kommt

dieser unglaubliche Hass auf diese Frau, dass du zu solchen Mitteln

greifst?"

„Das geht dich einen Scheißdreck an. Es ist eine Sache zwischen ihr und

mir. Und ich müsste es auch nicht tun, wenn die dumme Kuh in das

verdammte Flugzeug nach Berlin gestiegen wäre. Aber selbst das kriegt die Alte ja nicht hin. Wie so vieles in ihrem Leben. Aber genug davon."

„Ich verstehe dich nicht. Du magst deine Gründe haben, aber dass du sie so quälst, löst sicherlich nicht deine Probleme."

„Ich denke schon. Sie muss nur verschwinden!"

„Verschwinden? Wie meinst du das?"

„Ein kleines Versehen, eine unvorhergesehene Komplikation, die leider zum plötzlichen Tod der Patientin führte."

„Nadja, was redest du denn da?" Anatoli wurde blass.

„Ich will dieses Miststück nicht mehr sehen!"

Anatoli überlegte fieberhaft, wie er Nadja von ihrem Entschluss abbringen könnte. Er mochte Anna. Sie war auch jetzt wunderschön, wie sie mit blassem Gesicht und den roten lockigen Haaren auf dem weißen Kissen lag. Sie war so zart und so verletzlich. Anna durfte nicht sterben. Er musste sich etwas einfallen lassen.

„Aber du bist ihre behandelnde Ärztin. Der Verdacht würde sofort auf dich fallen."

Nadja schien über Anatolis Worte nachzudenken. Anatoli setzte nach. Das war die einzige Chance, Nadja von ihrem Vorhaben abzubringen.

„Und du willst doch nicht für ein medizinisches Fehlverhalten verantwortlich sein und dich dafür erklären müssen? Der Fall wird bestimmt untersucht werden."

„Was würdest du an meiner Stelle machen?"

„Bring sie von hier weg, das verschafft dir Zeit und du kannst dir immernoch überlegen, was du tun willst. Und in die Akte schreibst du, dass die Patientin sich auf eigene Verantwortung selbst entlassen hat. Dann gibt es auch keine Fragen."

Nadja stand am Fenster und schaute hinaus auf die Hochhäuser der Metropole. Dann wandte sie sich zu Anatoli um. „Warum ist es dir so wichtig, was mit ihr geschieht?" Ihre schwarzen Augen funkelten ihn böse und misstrauisch an.

„Es geht mir nicht um sie. Ich möchte nicht, dass du etwas Unüberlegtes tust und zur Mörderin wirst."

"Oh, wie nett von dir! Aber gut … vielleicht hast du Recht. Hier im Krankenhaus könnte doch jemand misstrauisch werden. Hast du eine Idee?"

In diesem Augenblick begann Anna leise zu röcheln. Erschrocken wandten sich Nadja und Anatoli zum Krankenbett um.

„Schnell, sie wacht auf. Ich gebe ihr noch eine Dosis, dieses Mal etwas mehr. Und jetzt verpisst dich!"

Nadja fasste Anatoli unsanft am Oberarm und schob ihn in Richtung Zimmertür. Doch Anatoli stemmte sich dagegen. Ihm musste jetzt schnell etwas einfallen. „Versprich mir, dass sie am Leben bleibt!"

Nadja stöhnte und verdrehte die Augen. „Du bist so ein Weichei! Also gut, wenn es dir so wichtig ist. Aber nur, wenn du eine Idee für ein gutes Versteck hast!"

Es klang nicht gerade überzeugend, aber Anatoli wollte nichts unversucht lassen. „Was ist mit dem Verschlag in der Nähe des stillgelegten Metrobahnhofs unter dem Flughafengelände, den ich dir damals gezeigt habe?"

Nadja nickte. "Wie hieß die Station nochmal?"

"Perwomajskaja."

"Eine sehr gute Idee!"

Anatoli atmete erleichtert auf. Es fühlte sich wie ein kleiner Sieg an und er hatte das Gefühl, Anna das Leben gerettet zu haben. Vielleicht hatte sie genügend Kraft, Nadja rechtzeitig zu entkommen, bevor diese ihren neuen Plan umsetzen konnte.

Nadja trat an Annas Bett, legte ihren rechten Arm frei und zog hastig und voller Ungeduld die nächste Spritze auf.

In diesem Moment öffneten sich langsam Annas Augenlider. Als sie die Spritze sah, riss sie panisch die Augen auf, ein unterdrückter Schrei drang aus ihrer Kehle. Brutal drückte Nadja ihren Arm auf die Bettdecke. Anna wand sich unter dem harten Griff und versuchte sich zu wehren, um der Spritze zu entkommen. Vergeblich. Bevor Anatoli eingreifen konnte, jagte Nadja ihr mit einer Abgebrühtheit, die Anatoli erschaudern ließ, die nächste Dosis Beruhigungsmittel in die Vene. Sofort sank Anna zurück auf das Kopfkissen.

Nadja wandte sich wieder an Anatoli. „Ein Vorteil ist: Es wissen ja nur die Leute aus deiner Digger Bewegung von dem stillgelegten Bahnhof und dem Verschlag. Das wäre wirklich ein gutes Versteck. Nicht schlecht, Anatoli! So viel Einfallsreichtum hätte ich dir gar nicht zugetraut! Dann lass es uns so machen!"

„Uns?"

„Natürlich! Du bist dabei!"

„Auf gar keinen Fall!"

„Oh doch!"

„Vergiss es! Ich will damit nichts zu tun haben!"

„Du steckst schon viel zu tief drin!"

Mit aufgerissenen Augen starrte Anatoli Nadja an. „Ich habe einiges gegen dich in der Hand, mein Freund!"

„Wie meinst du das?"

„Ich könnte der Polizei ja mal stecken, dass du nachts mit deinen Kumpels aus der verbotenen Digger Bewegung in den Metro-Schächten herum schleichst. Dann, mein Freund, bist du geliefert!"

„Was soll das?"

Nadja grinste abfällig. „Ihr Spinner glaubt tatsächlich, dort unten auf alte Lager, geheime Tunnel und auf die geheime Metro-2 zu stoßen. Aber an so einen Scheiß glauben doch nur Verrückte! Richtig so, dass sie alle, die sie dort unten von eurer Bewegung erwischen, sofort ins Gefängnis stecken!"

Anatoli warf Nadja einen flehenden Blick zu. „Nadja, bitte!"

Nadja machte einen Schritt auf Anatoli zu und fixierte ihn mit einem kalten, durchdringenden Blick. „Keine Angst, ich halte dicht, wenn du mir hilfst, die Schlampe von hier wegzuschaffen!"

Anatoli senkte den Blick. „Verdammt! Wann?"

„Morgen Abend! Wir treffen uns hier, in diesem Zimmer!"

Anatoli nickte. Dann wandte er sich um und verließ eilig das Krankenzimmer.

25 VITALI

Vitali starrte voller Vorfreude auf die vier Blinis, rechteckige Teigtaschen, die goldig glänzend und dampfend auf seinem Teller lagen. Ein herrliches Aroma nach zerlassener Butter und gebratenem Hackfleisch stieg ihm in die Nase. Er liebte Blinis. Langsam nahm er Messer und Gabel auf, schnitt beinahe theatralisch ein kleines Stück vom ersten Blini ab, führte es zum Mund und begann langsam und mit geschlossenen Augen zu kauen. Dann öffnete er die Augen, kaute schneller und schmatzte. Er liebte es zu essen. Und heute aß er wohl auch aus Verlegenheit, damit er nicht so viel reden musste und um ihr nicht in die Augen zu sehen. Nadja saß ihm an einem Holztisch direkt gegenüber. Sie schob ihren Teller mit der Borschtsch Suppe unberührt zur Seite, hielt ihre Kaffeetasse in der rechten Hand und amüsierte sich darüber, wie er voller Genuss einen Blini nach dem anderen in sich hinein schaufelte. Nadjas Anwesenheit machte Vitali nervös, doch er wollte sich nichts anmerken lassen und versuchte es zu überspielen. Er war es nicht gewohnt, mit Frauen umzugehen. Dazu war er zu schüchtern und es fehlte ihm die Coolness. Er wusste, dass man Frauen zum Lachen bringen musste, Frauen mochten Männer mit Humor. Doch das bekam er nicht hin. Nicht bei ihr. Mit Alexej konnte er wunderbar lachen, Witze reißen und rumalbern. Doch bei Frauen bekam er den Mund nicht auf, er war einfach zu angespannt. Daher war er auch überrascht, als Nadja ihn am Vortag anrief und ein gemeinsames Treffen vorgeschlagen hatte. Er hatte zugesagt, ohne zu wissen, warum sie ihn unbedingt treffen wollte. Er wollte sie nicht enttäuschen, denn er mochte sie mehr, als er es sich selbst eingestehen wollte. Doch was war so wichtig, dass sie es unbedingt mit ihm persönlich besprechen wollte?

Zum Glück war es im *Samowar,* dem gemütlichen Imbiss mit Selbstbedienung und traditioneller russischer Küche, wie immer brechend voll und der Innenraum so laut, dass es nicht auffiel, dass Vitali nicht viel zu einem lockeren Gespräch beitragen konnte. Er war viel zu aufgeregt und ihm fielen keine interessanten Themen ein. Das Einzige, worüber er stundenlang reden konnte, war das Team von ZSKA Moskau. Diese Leidenschaft teilte er mit seinem besten Freund Alexej.

Das war aber sicher kein Thema, mit dem er Nadja beeindrucken konnte. Doch er war neugierig und wollte herausfinden, warum sie ihn hierher gelockt hatte. Oder war sie an ihm interessiert und wollte unauffällig den ersten Schritt machen? Nein, das konnte er nicht so richtig glauben. Nadja war attraktiv und selbstbewusst. Eine Frau, die wusste, was sie wollte. Warum sollte sie sich ausgerechnet für ihn - den schüchternen und unscheinbaren Vitali - interessieren und mehr als eine Freundschaft von ihm wollen? Es musste etwas anderes hinter diesem Treffen stecken. Aber was? Vielleicht hatte sie eine Bitte an ihn, irgendetwas, wobei sie seine Hilfe benötigte. Er wusste, dass er ihr nur schwer eine Bitte abschlagen konnte.

Nachdem er seinen Teller leer gegessen hatte, lehnte er sich zufrieden und satt in seinem Stuhl zurück.

„Hey, du hast ja gar nichts gegessen!"

„Ach ich habe gar keinen Hunger heute."

„Was hast du denn?"

„Ich mache mir Sorgen."

„Sorgen?"

„Es ist wegen Anna. Ich vermisse sie jetzt schon. Und für sie wird es jetzt auch nicht einfach werden. Das fremde Land, eine neue Umgebung, eine neue Arbeit, eine andere Kultur. Wir - Alexej, du und ich - ihre Freunde, sind doch alle hier."

„Ja, aber es war ihre Entscheidung. Und wir müssen es akzeptieren. Sei nicht traurig, Anna wird sich schon zurechtfinden! Natürlich wird sie uns fehlen, aber wir sollten hier nicht sitzen und Trübsal blasen, sondern rausgehen, Spaß haben und uns ablenken."

„Aber was ist mit Alexej? Er leidet bestimmt immer noch unter der Trennung. Hat er sich inzwischen bei dir gemeldet?"

„Ja, vor ein paar Tagen hat er vom Flughafen aus angerufen. Er klang ziemlich niedergeschlagen."

„Der Arme. Ich habe ihn schon lange nicht mehr beim Volleyballtraining gesehen. Weiß du, wo er jetzt ist?"

„Ich habe vor ein paar Tagen seine Mutter im Supermarkt getroffen und sie hat mir erzählt, dass Alexej auf der Datscha ist. Er wollte allein sein und niemanden sehen. Annas Abreise hat ihn ganz schön mitgenommen. Ich habe ihm gestern eine Nachricht geschickt, aber er hat bis jetzt noch nicht darauf geantwortet."

„Ich kann ihn verstehen. Schließlich waren die beiden lange zusammen und jetzt ist sie so weit weg - sogar in einem anderen Land."

„Er wird es überleben."

„Vitali! Wie das klingt! Vielleicht braucht er dich, jemanden zum Reden! Du bist doch sein bester Freund! Hast du mal darüber nachgedacht, ob du ihn auf der Datscha besuchst?"

„Ja, schon. Aber im Moment will er wohl einfach seine Ruhe haben."

„Vielleicht könnte er aber auch ein wenig Ablenkung gebrauchen."

„Hm, wenn ich so darüber nachdenke, dann ist die Idee gar nicht schlecht. Wir könnten zusammen etwas trinken und ein bisschen quatschen."

„Also fährst du hin?"

„Ja, ich denke schon."

„Wann?"

„Warum ist es dir so wichtig zu wissen, wann ich fahre?"

„Ach, nur so."

„Hm, mal überlegen. Ab Donnerstag habe ich ein paar Tage frei. Da könnte ich ihn auf der Datscha besuchen. Ich muss vorher nur noch ein paar Sachen erledigen."

Nadja nickte zufrieden und lächelte.

„Ok, also nicht vor Donnerstag?"

„Ja, ich denke schon. Warum fragst du? Willst du mitkommen?"

„Nein, nein. Es ist besser, wenn ihr unter euch seid. Ich würde euch bestimmt nur stören. Außerdem habe ich in den nächsten Tagen schon etwas anderes vor." Nadja nickte zufrieden und lächelte geheimnisvoll.

„Hm, ok. Wie du meinst…Wollen wir irgendwo noch etwas trinken gehen?", fragte er hoffnungsvoll.

Sie sah auf ihr Smartphone und erschrak. Schnell erhob sie sich von ihrem Stuhl und nahm ihre Handtasche. „Sorry, tut mir leid! Ich muss jetzt los. Ich habe noch etwas zu erledigen."

„Na dann … ok."

„Grüße Alexej von mir."

„Mache ich!"

„Wir sehen uns!" Mit diesen Worten nahm Nadja ihren Mantel und verließ eilig das Samowar. Vitali schaute ihr nach und zuckte mit den Schultern. Er wusste nicht so recht, was er von diesem Treffen halten sollte. Ja, er hatte schon zuvor mit dem Gedanken gespielt, zu Alexej auf die Datscha zu fahren. Aber warum wollte sie unbedingt wissen, wann er dort sein würde? Er mulmiges Gefühl beschlich Vitali, als er das *Samowar* verließ und sich auf den Weg zur Metrostation machte, um nach Hause zu fahren.

26 ANNA

Annas Pupillen hatten Mühe, sich an das flackernde Licht einer alten

Glühbirne anzupassen, die über ihr von der Decke hing. Wo war sie und

wie war sie hierhergekommen? An der gegenüberliegenden

Bretterwand hingen waagerecht dicke schwarze Kabel senkrecht nach

unten, von der Decke tropfte eine klare Flüssigkeit auf den Holzboden

und der Geruch nach Imprägnieröl hing in der Luft. Anna hob leicht

den Kopf und schaute an sich herunter. Sie lag auf einer Holzpritzsche,

die mit einem weißen Laken bezogen war, zugedeckt mit einer alten

grauen kratzenden Wolldecke. Neben der Schlafstelle, auf einem

viereckigen Holztischchen, lagen Tablettenröhrchen und Spritzen. Kalte

Luft strömte durch die großen Ritzen zwischen den Holzbrettern.

Dahinter war es dunkel. Annas Kopf dröhnte, sie konnte keinen klaren

Gedanken fassen. Unzählige Bilder und Eindrücke wirbelten wild

durcheinander: eine Spritze mit einer weißlichen Flüssigkeit, die

Toiletten am Flughafen, die weiße Deckenverkleidung im

Krankenzimmer. Es war so viel passiert, doch sie konnte die Ereignisse der letzten Stunden in ihrem Kopf nicht zu einem logischen Bild zusammensetzen. Was davon war real? Hatte sie geträumt? Warum fühlte sie sich so schwach und hatte keine Kontrolle über ihren Körper? Das Licht der Glühbirne erlosch. Um sie herum war jetzt alles dunkel. Anna schrie vor Angst und begann zu weinen. Plötzlich hielt sie inne. Sie spürte, wie der Holzboden unter der Pritsche leicht vibrierte. Anna setzte sich auf und lauschte. Ein Donnern, weit entfernt, wurde immer lauter. Wo kam das Geräusch her? Anna wollte aufstehen und nachsehen, doch sie fühlte sich schwach und ihre Beine gehorchten ihr nicht. Vor Angst hielt sie die Luft an. Das Donnern war ohrenbetäubend laut und wurde zusätzlich durch ein Rattern und Quietschen verstärkt. Das gleißende Licht von zwei runden Scheinwerfern drang durch die Holzdielen. Im nächsten Augenblick raste ein silbergrauer Zug dicht an dem Verschlag vorbei. Der Holzboden bebte. Panisch versuchte Anna, erneut von der Pritsche aufzuspringen. Nur raus hier! So schnell wie möglich! Doch als sie sich erneut von der Pritsche erheben und in Richtung Tür rennen wollte, durchzuckte ein heißer, stechender Schmerz ihr rechtes Bein. Anna schrie vor Schmerz und sackte zur Seite. Mit letzter Kraft zog sie sich an der Pritsche hoch und legte sich völlig erschöpft und schweißüberströmt wieder auf ihr Lager. Sie hatte Angst, große Angst. Was sollte das hier? Wo war sie? Wer hatte sie hierhergebracht? Und warum?

Plötzlich öffnete sich die Tür. Der runde gelbliche Schein einer alten Taschenlampe fiel auf den staubigen Holzboden. Anna konnte das Gesicht der Person nicht erkennen. Doch an der Silhouette, den der Lichtkegel an die hintere Bretterwand warf, konnte sie erkennen, dass die fremde Person eine Frau war. Sie atmete erleichtert auf.

Die Fremde kam näher und legte die Taschenlampe auf das Holztischchen neben der Pritsche.

„Ah, du bist wach!" Anna traute ihren Ohren nicht. Die Stimme kam ihr bekannt und vertraut vor.

„N… Nadja? Was soll das?", stotterte sie.

„Das hier? Ist es nicht ein hübsches Versteck? Schau dich nur in Ruhe um, hier kommst du sowieso nicht mehr raus!"

„W… Was? Wie meinst du das? Hast du mich hierhergebracht?"

Nadja kam näher und ihr durchdringender Blick machte Anna Angst. Es lag etwas Böses und Bedrohliches in diesem Blick.

„Ich will hier raus! Warum tust du das? Was habe ich dir getan?"

„Ganz einfach: Du bist nicht in das verdammte Flugzeug gestiegen! Und wie es aussieht, wirst du es auch in den kommenden Monaten nicht tun!"

„Nadja, ich verstehe dich nicht? Was meinst du damit?"

„Du dummes Miststück! Ich liebe Alexej! Ich habe ihn schon damals geliebt, als ihr auf der Datscha zusammengekommen seid. Ich habe es immer unterdrückt, wollte euer kleines Glück nicht stören. Aber jetzt bin ich dran! Ich will ihn nur für mich allein! Und du bist immer noch in Moskau! Und ich will nicht riskieren, dass du ihn wieder um den Finger wickelst, dich mit ihm versöhnst und wieder mit ihm zusammenkommst! Ich habe schon genug Geduld gehabt! Denn er liebt mich auch, das weiß ich! Du wirst du uns nicht mehr im Weg stehen, dafür sorge ich!"

„Aber…?" Mit weit aufgerissenen Augen starrte Anna ihre Freundin an. Wie konnte es sein, dass es nicht das Geringste gab, das noch an die Nadja erinnerte, zu der Anna einst eine so tiefe Verbundenheit gespürt hatte? Der Person, der sie alle ihre Geheimnisse und Sorgen anvertraut hatte? Annas Herz pochte bis zum Hals. Sie war starr vor Angst und unfähig, sich zu bewegen. War das hier real oder träumte sie? Und was hatte sie über Alexej gesagt? Dass sie ihn liebte? Sie hatte Angst, doch die Erwähnung seines Namens löste tief in ihrem Herzen ein Gefühl aus, dass sie verwirrte.

Nadja trat dicht an die Pritsche heran und beugte sich zu Anna hinunter. Dabei streifte die Knopfleiste ihres schwarzen Wollmantels Annas Arm. Wortlos nahm Nadja eine Spritze vom Tischchen. Während sie die Spritze mit der weißlichen Flüssigkeit aufzog, ließ sie Anna nicht aus den Augen und fixierte sie mit einem eiskalten Blick.

Fieberhaft wägte Anna die Möglichkeiten ab, die sie aus dieser Situation herausbringen könnten. Doch an eine Flucht war nicht zu denken. Ihr Körper war geschwächt, einer körperlichen Auseinandersetzung mit Nadja war sie nicht gewachsen. Es war aussichtslos! Jetzt nur nicht die Nerven verlieren, sagte sie sich. Denk nach! Schnell!

Anna schaute an sich herunter. Dabei fiel ihr Blick auf das Armband mit dem silbernen Anhänger, einer kleinen silbernen Schildkröte, die sie an ihrem linken Handgelenk trug! Ein Geschenk von Alexej zu ihrem Geburtstag im vergangenen Jahr! Doch was sollte sie tun? Sollte sie es abstreifen und unbemerkt hinter die Pritsche fallen lassen? Hier unten würde niemand nach ihr suchen. Es musste eine andere Möglichkeit geben. Nadja würde bestimmt bald mit Alexej zusammentreffen. Plötzlich hatte sie eine Idee! Es war nicht der originellste Einfall, doch mit etwas Glück…

Vor dem Verschlag waren auf einmal laute Stimmen zu hören. Es klang wie ein Streit zwischen zwei Männern. Nadja wandte den Kopf abrupt zur Tür und war für wenige Sekunden abgelenkt. Sie zögerte und anscheinend überlegte sie, ob sie aufstehen und nachsehen sollte, was vor dem Verschlag vor sich ging.

Das war Annas einzige Chance! Mit zittrigen Fingern streifte sie das silberne Armband vom Handgelenk ab und ließ es vorsichtig in Nadjas Manteltasche gleiten. Im selben Augenblick wandte Nadja sich wieder Anna zu und ergriff gewaltsam ihren rechten Arm. Anna schrie vor Schmerz.

„Lass mich los! Du tust mir weh! Nadja, bitte!" Anna wehrte sich, schlug mit der linken Hand auf Nadja ein und trat mit den Füßen nach ihr. Doch sie war zu schwach und ihre Schläge und Tritte hatten keinerlei Wirkung. Nadja warf ihr einen abschätzigen Blick zu. Ihre Hand umklammerte noch immer Annas rechten Arm, drehte die Handflächen nach oben und begutachtete die Venen in der Armbeuge.

„Bitte nicht", flehte Anna mit zittriger Stimme.

„Hör endlich auf zu Jammern! Es hat eh keinen Sinn! Und jetzt sei still und halt die Klappe!"

Nadjas wütender Blick bohrte sich jetzt fest in Annas Augen. Sie wollte nicht, dass Nadja ihre Tränen sah, die ihr vor Angst in die Augen traten und unterdrückte ein Schluchzen. Sie wandte das Gesicht ab und kurz darauf spürte sie einen Stich und eine Nadel, die sich durch ihre Haut bohrte. Dann bemerkte sie wieder dieses unangenehme Gefühl, dass etwas Kaltes durch ihre Venen bis zur Schulter hinaufkroch.

„Hör auf zu flennen, du Miststück!" Sie machte eine kurze Pause.

„Weißt du, was wirklich erbärmlich ist? Zu glauben, du hättest hier irgendeine Chance." Nadja wirbelte herum und verließ mit eiligen Schritten den Verschlag. Sie knallte die alte Brettertür, die nur noch schief in den Angeln hing, wütend hinter sich zu. Dabei rollte die Taschenlampe von dem Holztischchen auf den Boden. Das Licht flackerte einmal kurz auf und erlosch. Um Anna herum war es jetzt vollkommen dunkel.

Sie hockte mit angezogenen Beinen auf der Pritsche. Wie konnte ihre beste Freundin ihr so etwas Grausames antun? Nadja liebte Alexej! Damit hatte sie überhaupt nicht gerechnet. Wie war es möglich, dass sie es ihrer Freundin nicht angemerkt hatte? Sie konnten doch immer über alles reden! Das hatte sie zumindest immer geglaubt. Doch der Gedanke an den abgrundtiefen Hass in Nadjas Augen jagte ihr immer wieder kalte Schauer über den Rücken. Sie befühlte mit den Fingern ihren schmerzenden Arm. Kurz darauf spürte Anna, wie die Müdigkeit in ihren Körper kroch und versuchte mit aller Kraft, dagegen anzukämpfen. Sie durfte nicht einschlafen, sie musste unbedingt herausfinden, was Nadja mit ihr vorhatte! Doch einige Augenblicke später kippte Annas Kopf zur Seite und sie fiel in einen tiefen Dämmerschlaf.

27 ALEXEJ

Es war schon fast dunkel, als Alexej mit seinem Kanu an dem alten Holzsteg anlegte. Er warf das Paddel auf den Steg, hielt sich mit der rechten Hand an den verwitterten Bohlen fest und stieg vorsichtig aus dem Boot. Vom Steg beugte er sich hinunter, griff mit beiden Händen nach dem Kanu und hob es behutsam aus dem Wasser. Langsam und geschickt hievte er das Boot über seine Schultern und trug es die steile Böschung hinauf. Das Kanu versperrte ihm beim Tragen die Sicht nach vorn. In der einsetzenden Dämmerung setzte er vorsichtig einen Schritt vor den anderen, um nicht im feuchten Gras der Uferböschung auszurutschen.

Die Abendsonne stand tief und tauchte die Umgebung in ein warmes goldenes Licht. Die Tour hatte Alexej gutgetan. Jetzt freute er sich auf eine heiße Dusche und auf einen dampfenden Eintopf aus der Konserve. Er würde noch etwas Holz holen und sich wieder vor dem Kamin niederlassen.

Alexej war so in seinen Gedanken versunken, dass er nicht weiter auf seine Umgebung achtete. So bemerkte er zu spät und erst, als er schon fast oben am Haus angekommen war, dass jemand auf der Bank vor dem Haus saß und wartete. Genauer gesagt, sah er zunächst nur die übereinandergeschlagenen Beine, in grauen Jeans und weißen Adidas Turnschuhen. Es war eine Frau! Anna?

Er kannte die Jeans und die Turnschuhe nicht, aber es musste Anna sein! Sein Herz hüpfte vor Freude. Sie war nicht nach Berlin geflogen, sondern war hierhergekommen! Sie hatte es sich anders überlegt und wollte bei ihm sein! Alexejs Herz schlug schneller, er beschleunigte seine Schritte und rannte die letzten Meter bis zum Haus. Voller Vorfreude setzte er das Kanu kurz vor der Bank auf der Wiese ab und breitete die Arme aus, um Anna zu begrüßen.

Doch dann wich die Freude und Überraschung aus seinem Gesicht und er war enttäuscht, als er die Person erkannte, die auf der Bank saß. Im Schein der untergehenden Sonne sah er irritiert auf die Frau, die vor dem Holzhaus saß.

„Guten Abend Alexej!"

Mit vor Überraschung offenem Mund stand er ihr gegenüber und es dauerte einen Moment, bis er etwas erwidern konnte. „Oh, hallo

Nadja!" Seine Stimme klang seltsam fremd und rau, fast so, als hätte er jahrelang mit niemandem gesprochen. Doch er hatte sich schnell wieder im Griff. „Was machst du hier? Woher weißt du, dass ich hier bin?"

„Vitali hat es mir erzählt. Ich dachte, du könntest vielleicht ein wenig Gesellschaft gebrauchen."

„Achso." Alexej kratzte sich verlegen am Hinterkopf.

Nadja brach in schallendes Gelächter aus. „Guck nicht so Aljoscha! Du hast bestimmt einen Riesenhunger! Ich habe Pizza mitgebracht! Sie ist noch warm." Ein herzliches Lächeln huschte über ihr schönes ebenmäßiges Gesicht.

Und erst jetzt bemerkte er die grauen Pizzakartons, die neben ihr auf dem Fensterbrett lagen. Was sollte das? Er hasste Situationen, auf die er nicht vorbereitet war. Es hatte in der Vergangenheit viel zu oft unangenehme Überraschungen gegeben. Seitdem war er auf der Hut. Außerdem wollte er mit niemandem reden. Das störte seine Ruhe hier draußen.

„Was ist los? Du schaust mich an, als ob du einem unbekannten Wesen aus dem Weltraum gegenüberstehst."

„Nadja", antwortete er nach einem kurzen Moment des Schweigens.

„Ich brauche keine Gesellschaft. Was willst du hier?"

Sie sah ihn mit traurigen Augen an und Alexej ahnte, dass es ihm schwerfallen würde, sie wegzuschicken.

„Ich verstehe, dass du allein sein willst, aber ich habe mir Sorgen um dich gemacht! Und daher würde ich dir gern ein wenig Gesellschaft leisten. Wir könnten zusammen essen und danach werde ich sofort wieder verschwinden und du hast deine Ruhe. Versprochen!" Diesen Worten ließ sie ein strahlendes, warmes Lächeln folgen und entblößte dabei ihre makellosen weißen Zähne.

Alexej erwiderte nichts. Er zog die Stirn in Falten, dann bückte er sich, hob das Kanu über seine Schultern und trug es hinter das Haus. In seinem Kopf kreiste nur eine einzige Frage: Was sollte das?

Hinter dem Haus befand sich ein schmaler Bretterverschlag, der für die Aufbewahrung von Gartengeräten genutzt wurde. Vorsichtig stellte Alexej das Kanu auf den Holzboden und wischte es mit einem Handtuch trocken. Er ließ sich Zeit. Nadja konnte warten. Sie sollte ruhig merken, dass sie nicht willkommen war.

Als er fertig war, und das Kanu wieder an seinen Platz unter die Decke gehängt hatte, wusste er immer noch nicht, wie er auf Nadja´s Besuch reagieren sollte.

Als er zum Haus zurückkehrte, saß Nadja noch immer auf der Birkenbank. Wortlos ging er an ihr vorbei und öffnete die Tür. Beim Eintreten ins Haus war sie so dicht hinter ihm, dass er ihren warmen

Atem in seinem Nacken spüren konnte. Es erregte ihn, obwohl er es nicht wollte.

Ohne Nadja eines Blickes zu würdigen, hängte er wortlos das nasse Handtuch über einen Stuhl und schob diesen näher an den Kamin heran. Dann hockte er sich vor den Kamin und öffnete die Ofentür - er hatte schon alles vorbereitet und musste nur noch die Holzscheite anzünden. Kurz darauf loderten die Flammen hell auf und Alexej ging ins Nebenzimmer, um sich umzuziehen. Er zog den nassen Neoprenanzug aus und streifte sich einen hellgelben Hoodie und eine schwarze Jogginghose über. Dabei dachte er über die Situation nach. Es war nicht zu ändern, Nadja war hier. Sie hatte sich extra auf den Weg zu ihm gemacht und sogar noch Pizza mitgebracht. Er würde mit Nadja gemeinsam zu Abend essen. Was war schon dabei? Doch danach würde er versuchen, sie so schnell wie möglich loszuwerden.

Als er ins Wohnzimmer zurückkehrte, erfüllte den gesamten Raum ein herrlicher Duft nach heißer Salami und geschmolzenem Käse. Erst jetzt wurde ihm bewusst, wie hungrig er war.

Nadja stand mit dem Rücken zum Fenster und hatte sich eine graue Wolldecke übergeworfen. Es war kühl, die Wärme aus dem Ofen hatte sich noch nicht auf das gesamte Wohnzimmer ausgebreitet. Nadjas grüne Augen schauten ihn direkt an. Ihr Blick machte ihn nervös. Er

155

wich ihren Blicken aus.

„Ich habe die Pizzen auf den kleinen Tisch neben dem Sofa abgestellt."

„Ok, warte, ich hole noch Teller und Servietten. Willst du ein Bier?"

„Ja gern."

Kurz darauf kehrte er mit einer Packung Servietten und zwei Bierflaschen in der Hand ins Wohnzimmer zurück. Dabei stellte Alexej fest, dass er nicht aufgeräumt hatte, bevor er am Vormittag zum Paddeln gestartet war. Das Kissen und die graue Wolldecke lagen zusammengeknüllt auf dem Sofa, daneben, auf dem Sessel lag seine Kleidung vom gestrigen Tag. Auf dem Boden stand ein dreckiger Teller mit Essensresten vom Schinkensandwich. Zwei leere Wodkaflaschen lagen kreuz und quer neben dem Teller auf dem Boden. Eine Flasche lag halb unter dem Sofa, der letzte Rest war ausgelaufen und hatte eine Wodka Lache auf dem Wohnzimmerboden gebildet. Nadja folgte Alexejs Blick.

„Entschuldige bitte die Unordnung." Er kratzte sich verlegen am Kinn.

„Gib mir einen kurzen Moment, ich räume das schnell weg." Schnell bückte er sich und räumte die leeren Flaschen und den Teller mit den Essensresten in die Küche. Dort schleuderte er den Teller achtlos und krachend in die Spüle, holte einen Lappen und wischte die Wodkalache vom Boden auf. Zum Schluss sammelte er noch seine Klamotten vom

Sessel ein und warf sie auf das Bett im Nebenzimmer. Dabei fühlte er die ganze Zeit Nadjas Blicke, die seinen Körper von oben bis unten scannten.

„So, schon fertig! Setz dich doch!" Er wies auf das Sofa. Im Zimmer war es jetzt angenehm warm. Die Holzscheite knackten leise im Kamin und der Feuerschein der lodernden Flammen tauchte den gesamten Raum in ein romantisches gelb-oranges Licht. Nadja nahm in der Mitte des Sofas Platz, klappte den Deckel des Pizzakartons nach oben und begann langsam zu essen. Alexej ließ sich in einem Sessel gegenüber nieder. Er öffnete die Bierflaschen und reichte Nadja eine.

Draußen hatte der Wind zugenommen, er schlug heulend an die Fensterläden, während die beiden sich schweigend gegenüber saßen und aßen.

Als sie fertig waren, lehnte sich Alexej in seinem Sessel zurück und trank einen kräftigen Schluck aus seiner Bierflasche.

„Danke für die Pizza, sehr lecker." Nadja nickte. Er konnte sie nicht sofort wegschicken, ein bisschen Smalltalk musste wohl noch sein. Er wollte sie nicht verärgern und hatte ein schlechtes Gewissen. „Erzähl mal. Was gibt es bei dir Neues? Was macht die Arbeit in der Klinik?"

„Naja. Wir haben schon immer viel zu tun gehabt. Aber in den letzten Wochen ist die Zahl der Patienten, die wir behandeln müssen, rasant

157

angestiegen."

„Gibt es dafür einen Grund?"

„Ja, einen sehr traurigen sogar. Momentan haben wir viele

Lungenkranke und es werden immer mehr."

„Was ist die Ursache dafür?"

„Wir haben noch keine Beweise, aber es liegt wohl an der schlechten

Luft in Moskau. Wir haben so oft Smog. Tja und wo kommt der Smog

her? Es kann nur eine Erklärung hierfür geben: Die Industrie hält sich

nicht an die Umweltauflagen! Die Gesundheit der Bevölkerung sind

denen doch scheißegal! Das kann so nicht weitergehen! Die Regierung

muss etwas unternehmen! Unsere Patienten tun mir leid! Sie leiden,

haben Probleme beim Atmen und große Schmerzen. Aber wir können

wenig für sie tun. Nicht einmal ihre Schmerzen können wir lindern - du

weißt ja, es gibt kaum Medikamente."

Alexej hatte versucht, Nadjas Worten zu folgen, doch er verlor schnell

das Interesse an diesem Thema und hing seinen eigenen Gedanken

nach. Viel zu spät bemerkte er, dass Nadja bereits mit der Antwort fertig

war und ihn erwartungsvoll ansah. „Oh, das ist wirklich traurig! Und

wie geht es den anderen aus unserer Clique?"

„Vitali arbeitet jetzt viel, du kennst ihn ja. Er möchte unbedingt mehr

Geld verdienen und so schnell wie möglich eine eigene Wohnung haben und unabhängig sein. Lena habe ich eine Weile nicht gesehen durch die vielen Dienste in der Klinik. Von den anderen weiß ich nichts."

„Ah ok." Wieder Schweigen. Nadja machte noch immer keine Anstalten zu gehen und langsam ging sie ihm mit ihrer Anwesenheit auf die Nerven. Er gähnte. „Möchtest du etwas rausgehen, frische Luft schnappen? Der Wind hat, glaube ich, nachgelassen." Ihm fiel nichts Besseres ein und er wollte auf keinen Fall weiter allein mit ihr im Haus herumsitzen. Vielleicht konnte er sie nach dem Spaziergang zum Aufbruch bewegen. Er war todmüde und wollte nur noch schlafen.

„Ja, gern." Nadja erhob sich vom Sofa und half ihm, die leeren Bierflaschen und Pizzakartons in die Küche zu tragen.

Draußen war es dunkel und kühl. Der Fluss lag schwarz und friedlich in seinem schmalen Bett und die Wellen glitzerten sanft im Mondlicht. Alexej schloss für einen Moment die Augen und sog die frische, saubere Nachtluft ein.

„Was ist eigentlich los mit dir?"

Ihre direkte Frage überraschte ihn und er musste schlucken. Nadja stand dicht neben ihm und Alexej vermied es, sie anzusehen. „Mit mir? Nichts weiter." Dann zuckte er mit den Schultern. Ruhig bleiben und so belanglos wie möglich klingen, dachte er sich. Das war seine Art - immer die Fassade aufrecht erhalten. Langsam stiegen sie die Böschung hinab bis zum Ufer. Der Wind schob dichte Wolken vor den trüben Mond und tauchte die Umgebung für einen kurzen Augenblick in völlige Dunkelheit. Er beschleunigte seinen Schritt und Nadja hatte Mühe, ihm in der Dunkelheit zu folgen. Als sie unten am Fluss angekommen waren, hatten die Wolken sich verzogen. Der Himmel war jetzt sternenklar. Nadja hatte seinen Lieblingsort am Ufer entdeckt und steuerte direkt darauf zu. Dann setzte sie sich schräg auf den umgekippten Baumstamm und schlug die Beine übereinander.

„Setz dich doch." Ihre Hand zeigte auf die Stelle neben sich auf dem Baumstamm. Oh man, fahr´ doch einfach nach Hause! Doch er schwieg. Schweigend setzte er sich neben sie. Als der Wind kurz darauf wieder auffrischte, wirbelten ihre langen schwarzen Haare nach oben und eine Haarsträhne streifte seine Wange. Es elektrisierte ihn. Alexej griff in seine Jackentasche und hielt Nadja eine Schachtel mit Zigaretten hin. Sie lächelte und nickte. Als er ihr Feuer gab, berührten ihre Fingerspitzen sanft seinen Handrücken. Schnell zog Alexej seine Hand weg.

Nadja nahm einige schnelle Züge und blies den grauen Rauch in die Nacht. Ihr Blick war nach oben gerichtet. Ohne ihn anzusehen begann sie: „Du siehst ziemlich fertig aus Alexej! So habe ich dich noch nie gesehen!"

„Mir geht es gut, mach dir mal keine Sorgen. Hier habe ich alles, was ich brauche - mein Kanu, den Fluss und meine Ruhe." Er nahm einen tiefen Zug von seiner Zigarette, dann stand hastig auf, warf die Kippe achtlos in das hohe Gras und schlug den Kragen seiner alten Armeejacke nach oben. Dann wandte er sich um und ging schnellen Schrittes die Böschung hinauf zum Haus. Aus dem Augenwinkel sah er, dass Nadja ihm nicht folgte. Sie saß noch immer auf dem Baumstamm und rauchte. Nadjas Anwesenheit verwirrte Alexej. Er musste sie loswerden. Was wollte sie noch hier? Doch sein Körper sehnte sich nach Zärtlichkeit, Wärme und Geborgenheit. Doch diese Sehnsucht galt Anna. Allerdings musste er sich eingestehen, dass er Nadjas Gesellschaft als sehr angenehm empfand. Aber diese Gedanken verdrängte er sofort wieder. Sie musste gehen, er musste sie unbedingt loswerden.

Oben angekommen, begab er sich ins Haus und zog die Jacke aus. Dann ging er in die Küche, holte eine Flasche Wodka und ein Glas aus dem Küchenschrank und schenkte sich ein. Seine Hand zitterte. Unschlüssig blieb er mit dem Kristallglas in der Hand im Türrahmen zum Wohnzimmer stehen.

Kurz darauf betrat Nadja das Haus. Sie zog ihren Mantel aus, warf ihn auf das Sofa. Dann kam sie zu ihm herüber und trat ganz dicht von hinten an ihn heran. Ihre Nähe elektrisierte ihn. Er spürte ihren Atem an seiner Wange.

„Alexej …", flüsterte sie in sein Ohr und streichelte sanft über seinen rechten Oberarm. Er zuckte kaum merklich zusammen. Ein Kribbeln breitete sich in seinem Körper aus. Er wandte sich langsam zu ihr um und streckte schon den Arm nach ihr aus, um sie an sich zu drücken. Doch im letzten Moment hielt er inne und ließ den Arm sinken. Entschlossen ging er zur Eingangstür und öffnete sie.

„Nadja, bitte geh jetzt, es ist schon spät." Seine Stimme klang eine Spur zu aggressiv und im selben Augenblick bereute er seine Worte. Doch es war zu spät.

Nadja blieb kurz auf der Türschwelle stehen, drehte sich um und sah ihn an. „Vielleicht verstehst du irgendwann, dass nicht jeder, der bleibt, dir schaden will." Dann verschwand sie in der Dunkelheit.

Alexej kippte hastig den Wodka hinunter und atmete tief durch. Eine halbe Stunde später ging er selbst hinaus, um neues Holz für den Ofen zu holen. In der Zwischenzeit hatte sich der Wind zu einem heftigen Sturm entwickelt. Alexej überprüfte alle Fensterläden und kehrte ins Haus zurück. Er legte Holz nach, dann ging er in die Küche, holte das Glas und die angebrochene Wodkaflasche. Kurz darauf löschte er alle Lichter im Haus und ließ sich auf dem Boden vor dem Kamin nieder.

28 ALEXEJ

Bevor Alexej die Flasche öffnen konnte, klopfte es. Wer konnte das sein?

Mit einem Seufzen erhob er sich und öffnete die Tür.

„Der Sturm … Ich kann nicht fahren. Der Wind ändert ständig die

Richtung und schiebt den Wagen vor sich her. Ich habe keine Kontrolle.

Ein paar Mal wäre ich fast von der Straße abgekommen und in einem

Feld gelandet." In Nadjas Augen war pure Angst zu sehen. „Darf ich bei

dir warten, bis der Sturm sich wieder gelegt hat?"

Alexej wusste nicht so recht, wie er auf ihre Bitte reagieren sollte. In

seinem Kopf waren widersprüchliche Gedanken. Sie hatte Recht, es war

nicht ungefährlich, unter diesen Bedingungen mit dem Auto unterwegs

zu sein. Doch er wollte allein sein! Oder doch nicht? Tief in seinem

Inneren musste er sich eingestehen, dass er sich freute, dass sie

zurückgekommen war. Das Kribbeln war wieder da und jagte ihm

wohlige Schauer über den Rücken und er konnte nichts dagegen tun.

„Komm rein." Mit einer einladenden Geste wies er Nadja den Weg ins

Wohnzimmer.

Sofort entdeckte sie die Flasche Wodka auf dem Wohnzimmertisch. Sie hielt inne und zögerte. „Vielleicht sollte ich doch besser gehen." Sie wandte sich um, hatte die Hand schon am Türknauf, als Alexej ihren Arm berührte.

„Nein, du kannst hierbleiben. Es wird bestimmt noch Stunden dauern, bis der Sturm sich gelegt hat."

„Ok, danke!" Dankbar lächelte Nadja ihn an. Sie standen sich noch immer im Flur gegenüber. Alexej vermied es, sie anzusehen. Draußen heulte der Wind und die Fensterläden klapperten. Er räusperte sich.

„Möchtest du etwas trinken? Soll ich dir einen Tee machen?"

„Ja, danke!" Nadja nickte. Sie legte den Mantel ab und hängte ihn über einen Stuhl. Dann betrat sie das Wohnzimmer und ließ sich auf dem Sofa nieder. Ihre Haltung war aufrecht, der Rücken ganz gerade. Alexej setzte Teewasser auf und beobachtete sie aus der Küche. Was soll's, dachte er. Es ist doch nichts dabei, wenn sie mir etwas Gesellschaft leistet. Er stellte den Wasserkocher aus. Kurz darauf kehrte er ins Wohnzimmer zurück und hielt zwei Sektgläser und eine Flasche Krimsekt triumphierend in die Höhe.

„Schau mal, was ich gefunden habe! Das ist doch viel besser als Tee! Findest du nicht?!" Alexej zwinkerte Nadja zu und stellte die Gläser auf den Sofatisch.

„Wow! Wo hast du die denn hergeholt?"

„Ach sowas haben wir hier immer im Kühlschrank. Für spontanen

Besuch."

Sie kicherte wie ein schüchternes Schulmädchen. „Gibt es etwas zu

feiern?"

„Ich weiß nicht? Nee, ganz ehrlich, Tee haben wir nicht im Haus und

Wodka magst du ja nicht."

„Aber ich kann leider nicht trinken, ich muss doch noch zurückfahren!"

„Komm, nur ein Glas! Und außerdem wird es noch Stunden dauern, bis

der Sturm nachgelassen hat und du ins Auto steigen kannst."

Sie schien über seine Worte nachzudenken. „Na gut. Ein Glas."

Alexej öffnete geübt die Sektflasche und schenkte ein. Dann hob er

feierlich sein Glas. „Worauf möchtest du trinken?"

„Gute Frage! Brauchen wir denn einen Grund?"

„Es ist ja ein alter Brauch bei uns!"

„Mir fällt Nichts ein!"

„Das ist nicht schlimm! Weißt du was, lass uns einfach auf diesen

Moment trinken! Das ist zwar nicht gerade sehr originell, aber mir fällt

gerade auch nichts Besseres ein!"

„Einverstanden."

Das gedämpfte Licht des Kaminfeuers, der Sekt und die Wärme bewirkten, dass Alexej sich langsam entspannte. Nadjas Anwesenheit sorgte für ein bisschen Abwechslung hier draußen. Er saß ihr im Sessel gegenüber und hing seinen Gedanken nach, dabei beobachtete er sie. Ihre schöne, schlanke Silhouette vor dem Kaminfeuer, wie sie das Glas mit dem zartgelben sprudelnden Sekt in ihren filigranen Fingern hielt - das alles strahlte pure Sinnlichkeit aus. Sie war wunderschön.

Im Kaminofen stürzten die Holzscheite krachend in sich zusammen und die Flammen loderten nach oben. Alexej erhob sich, nahm einige Holzscheite aus dem Korb neben dem Ofen und legte sie nach. Auf dem Weg zurück zum Sessel berührte Nadja Alexej wie zufällig an der Hand. Schnell zog er die Hand weg, doch das angenehme Gefühl ihrer sanften Berührung blieb und machte ihn nervös.

Nadja, saß, jetzt von ihm abgewandt, seelenruhig vor dem Kamin auf einigen Kissen und schaute gedankenverloren ins Feuer. Dabei wickelte sie eine lange schwarze Haarsträhne um ihren Finger.

Aus Verlegenheit und um etwas zu tun, goss Alexej sich noch etwas Sekt ein und trank das Glas in einem Zug aus. Nadja wandte sich zu ihm um und lächelte geheimnisvoll.

„Was hälst du von einem Spiel?"

Ihre Frage überraschte ihn. „Hm, an was hast du denn gedacht? Jenga?

Monopoly? Scrabble?"

„Ach, das sind doch langweilige Spiele. Ich dachte an…" sie machte eine

theatralische Pause.

„Nun sag schon!"

Nadja grinste. „Wahrheit oder Pflicht!"

„Oh, nee!" Alexej schüttelte energisch mit dem Kopf.

Nadja stupste ihn in die Seite. „Ach komm schon! Das wird lustig!"

„Für dich vielleicht! Also gut…! Wer fängt an?"

„Du natürlich! Du hast die Wahl: Wahrheit oder Pflicht?"

„Hm, Pflicht klingt gefährlich. Ich nehme - Wahrheit."

„Oh, das wird interessant!" Nadja kicherte. „Also Alexej, was war das

Verrückteste, was du jemals für einen Kuss getan hast?"

„Was für eine gemeine Frage!"

„Ach gar nicht! Du warst bestimmt sehr kreativ!"

„Das Verrückteste, was ich für einen Kuss getan habe…nun ja, ich habe

mal ein Gedicht geschrieben. Aber das ist lange her. Das war in meiner

Jugend."

Nadjas Augen funkelten. „Oh, wie süß! Und? Hast du den Kuss auch

bekommen?"

Alexej nickte. „Ja, tatsächlich. Der Kuss war…sehr schön!"

„Wie romantisch! Aber jetzt bist du am Zug!"

167

„Jetzt bin ich gespannt. Wahrheit oder Pflicht, Nadja?"

Sie spielte mit ihrem Glas und blickte ihn geheimnisvoll an. „Wahrheit."

Alexej trank einen großen Schluck aus seinem Sektglas. „Ok. Was war dein peinlichstes Erlebnis ever?"

„Daran erinnere ich mich noch gut. Es war genau an dem Tag, als ich das erste Mal eine Visite allein führen sollte. Es war mein erster Arbeitstag und ich war unglaublich nervös. Mein Chef…"

Alexej hörte nicht mehr richtig zu, die Geschichte interessierte ihn nicht und er war inzwischen schon so vom Alkohol benebelt, dass Nadjas Worte nicht bis zu ihm durchdrangen. Es war wie in einem Film, bei dem jemand den Ton abgeschaltet hatte und man nur die bewegten Bilder auf dem Fernsehschirm betrachtete.

Nadja schaute abwechselnd in das lodernde Kaminfeuer und zu ihm. Sie redete und redete und gestikulierte dabei lebhaft mit ihren Händen. Wie ein Kind, das den Eltern eine aufregende Neuigkeit mitteilen wollte und dabei vor Aufregung laut plapperte und Hände und Füße zur Veranschaulichung benutzte, dachte Alexej.

Während sie sprach, spiegelte sich das Kaminfeuer in ihren Augen. Und plötzlich fielen Alexej Details an Nadja auf, die er früher nicht bemerkt hatte: Ihr schwarzes, glänzendes, schulterlanges Haar, das wie ein Vorhang weich auf ihre Schultern fiel, ihr ebenmäßiges perfektes Profil, die fein geschnittene Nase die weichen geschwungenen blass roten Lippen, nicht wulstig und nicht zu schmal, geradezu perfekt für einen leidenschaftlichen Kuss. Und sie hatte ein kleines ovales Muttermal an der Wange. Anna und Nadja, die Bilder beider Frauen vermischten sich jetzt vor seinem geistigen Auge. Er wusste, dass sie nicht Anna war, wollte es aber in diesem Moment glauben. Und er konnte diesen sinnlichen Lippen kaum widerstehen, er wollte sie küssen.

Jetzt drangen ein paar Wortfetzen zu Alexej durch, die Stimme war zärtlich und sanft und ihm seltsam vertraut. Er spürte die Wärme des knisternden Feuers, den weichen gemütlichen Sessel unter sich und den prickelnden Sekt, der durch seine Kehle rann. Er fühlte sich großartig.

„Du sagst ja gar nichts!" Nadjas Stimme klang enttäuscht.

„Ich … ich."

„Ja, du! Ich rede und rede und du hörst mir scheinbar überhaupt nicht zu!"

„Oh, entschuldige! Ich habe gerade über etwas nachgedacht."

„Das glaube ich dir sofort! Du hast einen ganz verträumten Blick!"

Alexej fühlte sich ertappt.

„Und? Verrätst du es mir?"

„Was denn?"

„Na woran du gerade so intensiv gedacht hast! Muss ja ein sehr romantischer Gedanke gewesen sein! Oder ist es ein Geheimnis?"

„Hm, Nein."

„Nein - du verrätst es mir nicht oder Nein, dass es kein Geheimnis ist?"

„Ach Nadja!"

„Ok, lass mich raten! Du hast an Anna gedacht!"

Alexej wiegte den Kopf hin und her. „Kann schon sein!"

„Ganz bestimmt hast du an sie gedacht!"

„Vielleicht."

„Komm schon! Das ist doch nicht schlimm und braucht dir auch nicht peinlich sein! Aber wenn es dich beruhigt - ich vermisse sie auch!"

„Ach ist doch egal! Das ist jetzt eh nicht mehr wichtig!"

„Naja, ganz so einfach ist es bestimmt nicht. Schließlich wart ihr beide fünf Jahre lang ein Herz und eine Seele. Und dann verlässt sie dich plötzlich und geht einfach ins Ausland - ganz weit weg - und lässt dich hier allein zurück."

„Ist schon gut! Lassen wir das Thema!" Alexejs Stimme war jetzt laut und bestimmt. Er wollte nicht über Anna reden.

„Es tut mir leid! Ich wollte dir nicht die Stimmung vermiesen."

„Alles gut. Aber jetzt ist Schluss mit dem Thema!" Alexej schaute Nadja lange an und sie erwiderte seinen Blick. Es war ein sehr schöner magischer Blickkontakt. In Nadjas Augen war ein besonderer Glanz.

Und das verwirrte ihn. Dieser Moment war perfekt, alles war so friedlich, Alexej fühlte sich innerlich so ruhig und entspannt wie lange nicht mehr. Sie schauten sich immer noch tief in die Augen. Plötzlich sah Nadja auf ihre Uhr.

„Oh je, es ist schon später, als ich dachte, ich muss jetzt wirklich los. Der Wind hat sich scheinbar gelegt. Draußen ist es ziemlich ruhig. Die Rückfahrt nach Moskau sollte jetzt kein Problem mehr sein und bei Dienst morgen früh…" Nadja versuchte aufzustehen, doch ihr Beine gaben nach.

„Nadja!" Alexej griff nach ihren Armen, zog sie sanft zu sich. Ihr Körper war warm und weich, ihr Atem flach. Sie lehnte sich gegen ihn und er konnte den Alkohol riechen. „Es tut mir leid." Ihre Stimme war leise, fast zögerlich und er konnte den Schmerz in ihren Augen sehen, diesen Funken von Demut, der die Luft zwischen ihnen füllte. Für einen Moment war es still.

„Du musst dich nicht entschuldigen." murmelte Alexej, während er ihr behutsam dabei half, sich wieder hinzusetzen. Er griff nach einer grauen Wolldecke, die neben dem Sofa auf einem Stuhl lag und legte sie ihr sanft über die Schultern. Dann sagte er leise: „Du bleibst hier. Und morgen früh sehen wir weiter."

Nadja schaute ihn lange an, ihr Blick war weich und verletzlich. Dann nickte sie.

29 ALEXEJ

Er war hin und hergerissen. Aber es war zu spät. Nadja konnte in diesem Zustand nicht mit dem Auto nach Moskau fahren. Und er konnte sie nicht hinauswerfen und im Auto übernachten lassen. Das brachte er nicht übers Herz. Was war schon dabei?

„Du kannst in dem Zimmer nebenan schlafen und ich werde das Sofa nehmen."

Die Müdigkeit überfiel ihn schlagartig und ihm fielen fast die Augen zu. Er wollte nur noch schlafen.

„Brauchst du noch etwas für die Nacht?"

„Ja, eine Zahnbürste wäre gut. Und ein T-Shirt zum Schlafen."

„Ok, das bekommen wir hin. Dann gehe ich jetzt hinüber und bereite alles vor. Ich bin hundemüde!"

Er nahm beide Sektgläser und stellte sie auf die Arbeitsplatte in der Küche. Dann nahm er aus dem Badezimmerschrank eine neue Zahnbürste und holte aus dem Schrank im Nebenzimmer ein T-Shirt und übergab beides an Nadja. Während sie sich im Bad fertig machte, holte er sein Bettzeug, trug es ins Wohnzimmer und breitete es auf dem Sofa aus. Danach bezog er im Nebenzimmer das Bett. Als er damit fertig war, ging er in die Küche und machte noch grob etwas Ordnung.

„Ich bin dann soweit."

Nadja war aus dem Bad gekommen und stand etwas unsicher im Türrahmen zur Küche. Sie hatte sein T-Shirt angezogen. Es war alt und ausgewaschen. Das ausgeblichene Logo seiner Lieblingsband - Rammstein - prangte auf der Brust. Das Shirt reichte ihr bis knapp über den Po. Nadjas lange, schlanke Beine waren nackt. Sie sah so verdammt sexy in seinem T-Shirt aus. Er unterdrückte sein Verlangen, es ihr sofort auszuziehen. Der Gedanke irritierte ihn - er und Nadja - die ganze Nacht allein in diesem Haus. Er ärgerte sich jetzt, dass er ihr vorgeschlagen hatte, zu bleiben. Aber es war zu spät, jetzt alles rückgängig zu machen.

„Ok, ist alles vorbereitet. Gute Nacht und schlaf gut."

Nadja machte einen Schritt auf ihn zu. Sie standen sich jetzt direkt gegenüber. Nadja zögerte.

„Ist noch was?"

„Ja … Es ist mir etwas unangenehm. Aber ich frage dich trotzdem: Kannst du mich mal in den Arm nehmen?"

„Achso…Kein Problem." Er breitete die Arme aus.

Sie trat dicht an ihn heran und schlang die Arme um seinen Oberkörper.

Für einen Bruchteil von Sekunden hielt er sie in seinen Armen, spürte ihre Brüste ganz nah an seiner Brust. Ihr Haar kitzelte an seinem Ohr. Es duftete nach einem schweren Parfüm, einer Mischung aus Honig und Patchouli. Ohne, dass er es wollte, reagierte sein Körper auf diese beinahe unschuldige Berührung. Es kribbelte in seinem Unterleib und er versuchte krampfhaft, sein Verlangen zu kontrollieren.

„Gute Nacht Alexej." Nadjas Stimme drang verführerisch an sein Ohr und ihre Lippen streiften zart seine Wange. Ein wohliger Schauer lief ihm über den Rücken. Das Kribbeln wurde immer stärker, er konnte sein Verlangen nach ihr kaum noch unterdrücken. Die Spannung, die in der Luft lag, war kaum auszuhalten. Doch er hatte sich unter Kontrolle, oder nicht? Doch kurz darauf löste sie sich aus seinen Armen.

„Gute Nacht."

Nadja zog sich in das Nebenzimmer zurück und schloss die Tür hinter sich. Alexej ging kurz ins Bad, streckte sich dann lang auf dem Sofa aus und deckte sich zu. Das Feuer war niedergebrannt und es war jetzt fast dunkel im Zimmer. Er lauschte in die Nacht, alles war still. Der Sturm hatte sich gelegt. Mit klopfenden Herzen starrte Alexej an die weiße Zimmerdecke. Tief in seinem Inneren spürte er eine unbändige

175

Sehnsucht nach einer physischen Berührung, nach Geborgenheit und Nähe, einem weichen und warmen Frauenkörper, an den er sich anschmiegen konnte. Sein Kopf war voller wilder Gedanken. Nadja war verdammt sexy. Ja, er war betrunken, seine Sinne waren betäubt, doch das interessierte ihn überhaupt nicht. Er wollte Nadja mit jeder Faser seines Körpers. Seine Fantasie ging mit ihm durch, als er sich vorstellte, wie Nadja im Nebenzimmer lag, nackt und eingehüllt in das weiße Baumwolllaken, dass er auf dem Bett ausgebreitet hatte. Alexej verspürte keinerlei Müdigkeit mehr, er war plötzlich hellwach und sein Körper spannte sich an. Unruhig wälzte er sich auf dem Sofa hin und her. An Schlaf war nicht zu denken.

Als sein Handy, das neben dem Sofa auf dem Boden lag, leise vibrierte und das Display aufleuchtete, machte sein Herz einen Satz. Sein ganzer Körper zitterte vor Anspannung und Erwartung. Er nahm das Handy und entsperrte das Display. Eine Nachricht von Nadja. *Mir ist kalt und ich kann nicht einschlafen. Würdest du kurz zu mir rüberkommen und mir den Rücken kraulen, bis ich eingeschlafen bin?*

Ein Lächeln huschte über sein Gesicht, als er sich erhob und kurz darauf die Tür zum Nebenzimmer öffnete.

30 ALEXEJ

Alexej erwachte vom gleißenden Licht des anbrechenden Morgens, das durch das Fenster das Zimmer flutete und ihn blendete. Draußen bellte ein Hund und er hörte eine laute Stimme.

Wahrscheinlich war es sein Nachbar Slawa, der oft am Morgen mit seinem Cockerspaniel spazieren ging und dabei Selbstgespräche führte. Alexej hatte früher am Morgen im Halbschlaf ein fernes Motorengeräusch und eine zufallende Autotür gehört. Doch er hat sich nicht weiter darum gekümmert und war sofort wieder eingeschlafen. Jetzt setzte er sich aufrecht und drehte den Kopf zum Fenster. Das viel zu helle Sonnenlicht schmerzte in seinen müden Augen, in seinem Kopf hämmerte es. Er stützte seinen Kopf auf die Hände. Verdammter Alkohol! Er fühlte sich matt und sank wieder in die Kissen zurück. Erst jetzt bemerkte Alexej, dass er im Nebenzimmer auf dem großen Bett saß. In der Luft hing der Geruch nach Honig und Patchouli. Ein schweres Damenparfüm, das ihm sehr bekannt vorkam. Neben ihm lag sein

Rammstein-T-Shirt, das er Nadja am Vorabend gegeben hatte. Er griff nach dem T-Shirt, legte es über sein Gesicht und sog den Duft ein.

Er grinste. Hatten sie es wirklich getan? In seinem Kopf schwirrten Bilder - wie sie sich im ganzen Haus leidenschaftlich und atemlos liebten, erst im Bett, dann vor dem Kamin und schließlich in der Küche auf der Anrichte. Dann - irgendwann in der Nacht - hatte er Nadja auf seine Arme genommen und von der Küche zurück ins Bett getragen. Und nun lag er allein hier und im gesamten Haus war es still. Oder hatte er das alles nur geträumt?

„Nadja?", fragte er in die Stille des Hauses hinein.

Keine Antwort. Alexej versuchte aufzustehen und sackte gleich wieder nach hinten, sein Kreislauf war noch nicht bereit für eine aufrechte Position. Alles drehte sich und er hatte Mühe, sich ein zweites Mal aufzurichten. Mit der rechten Hand hielt er sich am hinteren Bettpfosten fest und drückte sich langsam nach oben. Dann zog er sich mühevoll einen alten weißen Wollpullover über seinen nackten Oberkörper und suchte nach seiner Hose.

Er fand sie im Wohnzimmer neben dem Sofa und schlüpfte hinein. Leicht schwankend, setzte er vorsichtig einen Fuß vor den anderen, bewegte sich langsam durch das Wohnzimmer und öffnete die Tür.

Die kalte Luft traf ihn unvermittelt, doch es half ihm, wacher zu werden.

Nadjas Auto stand nicht mehr vor dem Haus. Vermutlich war sie im

Morgengrauen nach Moskau aufgebrochen.

Alexej warf einen Blick auf seine Armbanduhr. Es war kurz nach acht.

Wenn er sich richtig erinnerte, wollte sie um sechs ihre Schicht im

Krankenhaus antreten.

Plötzlich beschlich ihn ein ungutes Gefühl. Hatte er Anna mit Nadja

betrogen? Oder hatte sie allein im Nebenzimmer geschlafen und war

heute Morgen wie geplant zurück nach Moskau gefahren, um

rechtzeitig zum Schichtbeginn im Krankenhaus zu sein? Aber wenn

nichts zwischen ihnen gelaufen war, warum war er dann im

Nebenzimmer aufgewacht? Er hatte sich doch im Wohnzimmer auf dem

Sofa schlafen gelegt?

In seinem Herzen spürte Alexej einen heftigen Stich: Er vermisste Anna

und liebte sie immer noch. Doch wie konnte es dann sein, dass er so

kurz nach ihrer Abreise mit einer anderen Frau geschlafen hatte?

Wieso war Nadja gestern überhaupt hier gewesen? Er versuchte, seine

Gedanken zu ordnen und sich an den vergangenen Abend zu erinnern:

Nachdem der Sturm gewütet hatte und Nadja zurückgekehrt war,

hatten sie den Abend zusammen vor dem Kamin verbracht, Sekt

getrunken und sich unterhalten. Dann war es spät geworden und Nadja

war so angetrunken, dass sie nicht mit dem Wagen zurück nach Moskau

fahren konnte. Er hatte ihr das Bett im Nebenzimmer hergerichtet und

sich im Wohnzimmer auf dem Sofa schlafen gelegt. Doch wie war er ins

Nebenzimmer gelangt?

Alexej stand noch immer im offenen Türrahmen, atmete die kühle

frische Morgenluft und versuchte einen klaren Gedanken zu fassen.

Soweit er es von hier aus überblicken konnte, hatte der Sturm keinen

Schaden angerichtet. Er trat hinaus und inspizierte das Haus und die

Umgebung. Doch es war alles an Ort und Stelle, am Haus und am

Schuppen waren keine Beschädigungen zu erkennen.

Kurze Zeit später beendete Alexej seinen Rundgang und kehrte ins

Haus zurück.

Erst jetzt stellte er fest, dass es im Wohnzimmer sehr

wüst aussah. Seine Bettdecke lag zusammengeknüllt vor dem Kamin

auf dem Boden, die Gläser auf dem Tisch daneben waren umgeworfen,

der Teppich verrutscht und fleckig. Der Aschenbecher war mit

unzähligen Zigarettenkippen gefüllt. Auf dem Teppich entdeckte er

dunkelrote Flecken. War es Blut oder Wein? Aber wenn er sich recht

erinnerte, hatten sie keinen Wein, sondern Krimsekt getrunken - roten

Krimsekt! Und weshalb waren Möbel verschoben? Was war nur passiert? Hatten sie sich so heftig geliebt? Aber warum konnte er sich nicht lückenlos an den gestrigen Abend und die Nacht erinnern?

Alexej spürte eine Enge in der Brust und ein leichtes Gefühl der Verzweiflung überkam ihn, sein Pulsschlag beschleunigte sich und Schweiß trat ihm auf die Stirn.

Er versuchte sich zu beruhigen: Es wird sich schon alles aufklären, wir haben nur etwas zu viel getrunken. Alles lässt sich aufräumen und in Ordnung bringen. Und Nadja? Ging es ihr gut?

Bestimmt, dachte er sich. Sie ist mit ihrem Auto zum Dienst in die Klinik gefahren. So wie sie es am Abend zuvor geplant hatte. Also wird ihr nichts geschehen sein.

Nadja - sie war Annas beste Freundin. Und das war es auch schon. Er wollte überhaupt nichts von ihr. Ja, sie war hübsch mit ihren schwarzen glatten Haaren, den grünen Augen und der ebenmäßigen, schönen Haut. Außerdem war sie klug und hatte eine gewisse Anziehungskraft auf Männer. Aber er hatte sich nie für sie interessiert. Sie war überhaupt nicht sein Typ. Aber weshalb war sie zu ihm auf die Datscha gekommen? Was hatte sie hier gewollt? Alexej grübelte lange über diese Fragen, doch er fand keine Erklärung für die Dinge, die sich

181

offensichtlich in der letzten Nacht im Haus abgespielt hatten.

Er räumte auf, spülte das Geschirr, das noch heil geblieben war, rückte den Couchtisch wieder an seinen Platz und legte den Teppich erst einmal zum Einweichen in die Badewanne.

Dann beschloss er, zu einem langen Spaziergang aufzubrechen. Er schlüpfte in seinen schwarzen Parka, öffnete die Tür und wandte sich nach rechts. Der schmale, unbefestigte Weg führte an abgeernteten Weizenfeldern entlang. Die kalte Herbstluft brannte in Alexejs Lungen, doch er ignorierte den Schmerz und setzte seinen Weg fort.

Nach einigen Minuten kam er am Haus von seinem Nachbarn Slawa vorbei, doch dieser schien nicht da zu sein. Wahrscheinlich war er wieder in der Bibliothek und lieh sich neue Bücher über Panzer aus. Slawa kannte alle Modelle und konnte lange Vorträge über die Zerstörungskraft und die Einsatzgebiete der Panzer halten. Selbst mit Slawa, diesem merkwürdigen Typen, der ihn immer ein wenig skeptisch durch seine dicke Hornbrille musterte, hätte er heute gesprochen. Es hätte ihm gutgetan, mit jemandem zu reden, um sich vom Durcheinander in seinem Kopf abzulenken.

Alexej bereute jetzt, dass er seinen Freund Vitali nicht angerufen hatte. Mit ihm hatte Alexej schon so manch schwere Zeit in seinem Leben durchgemacht. Was er an Vitali schätzte, war, dass er sich immer auf ihn verlassen konnte. Und er war einer der wenigen Menschen, die instinktiv spürten, wenn es anderen nicht gut ging. Vitali stellte immer die richtigen Fragen, stand ihm, wenn es nötig war, mit Rat und Tat zur Seite oder war einfach da, um ihn von seinen Problemen abzulenken. Alexej war unendlich dankbar für diese Freundschaft, die beide seit dem Studium verband.

Um die Mittagszeit kehrte er von seinem Spaziergang zur Datscha zurück. Er stieg in den Lada und wollte ins Dorf fahren, um Lebensmittel einzukaufen. Doch es brauchte mehrere Anläufe, bis der Wagen endlich ansprang. Eine halbe Stunde später rollte er die staubige Straße hinab ins Dorf.

31 VITALI

Als Vitali durch das große Fenster des Hauses spähte, bemerkte er, wie aufgeräumt es im Inneren aussah. Doch das Haus selbst wirkte verlassen. Alexej war nirgends zu sehen. Der Lada stand nicht vor dem Haus. Hatte er Alexej verpasst, war dieser etwa schon wieder auf dem Weg nach Moskau? Er zog sein Smartphone aus der Manteltasche und wollte ihn anrufen, doch der Akku war leer.

Nach kurzem Überlegen entschloss er sich, auf der Bank vor dem Haus auf seinen Freund zu warten. Vielleicht war er nur kurz weggefahren und würde bald zurückkehren. Vitali setzte sich auf die grüne, etwas verwitterte Holzbank neben der Eingangstür. Die Umgebung war ihm vertraut. Schon als Kinder hatten sie zusammen am Fluss gespielt und hier oft gemeinsam die Sommerferien verbracht. Vitali sah etwas wehmütig zum Fluss. Dort unten hatten sie oft mit einem Bier am Lagerfeuer gesessen, über Gott und die Welt geredet (genauer gesagt über Frauen und Eishockey) und Schaschlik über dem Feuer gegrillt. Vitali mochte die Gespräche mit Alexej. Er hatte den Eindruck, dass der

Gedankenaustausch mit seinem Freund hier draußen sehr viel intensiver und unbefangener war als in der Stadt. Auch Vitali selbst fühlte sich hier frei und unbefangen und die Umgebung machte es leichter, über Probleme zu reden.

Er holte eine Packung Sonnenblumenkerne aus der Hosentasche und kaute darauf herum. Die leeren Hüllen spuckte er aus. Sie verteilten sich auf dem Gras zu seinen Füßen.

Bald darauf hörte er ein Auto auf der Einfahrt zum Grundstück. Der Wagen hielt, eine Tür wurde zugeschlagen. Und kurz darauf bog sein bester Freund, bepackt mit Einkaufstüten und einem 6-er Pack Wodkaflaschen in der Hand, um die Ecke und hielt augenblicklich inne, als er seinen besten Freund kauend auf der Bank vor dem Haus entdeckte.

„Hey!"

„Grüß dich mein Freund!" Die beiden Männer umarmten sich und klopfen sich gegenseitig auf die Schultern.

„Was machst du hier?"

„Ich wollte mal nach dir sehen."

„Aha!" Alexej öffnete die Tür zum Haus und stellte die Einkaufstüten in der Küche ab. Dann nahm er zwei Bierflaschen aus dem Kühlschrank und ging wieder nach draußen. Er setzte sich neben Vitali auf die Bank und öffnete die Flaschen.

„Na sdorowje!"

„Na sdorowje!" Alexej nahm einen großen Schluck aus seiner Bierflasche.

„Wie läuft es denn so mit deinem Job bei der Moskauer Metro?"

„Ganz gut. Ich bin jetzt schon fast 1 Jahr in der Abteilung Steuerungssysteme. Cooler Job, macht mir viel Spaß. Mein Chef ist auch in Ordnung. Und bald bekomme ich einen neuen Aufgabenbereich."

„Und was machst du dann?"

„Ich werde unter anderem für die Taktung der Züge verantwortlich sein. Eine Frage wird auch sein, ob das Ticketsystem verbessert werden kann, damit die Passagiere in den Stoßzeiten schneller durch die Sperren kommen."

„Wie aufregend!" sagte Alexej mit dem typischen ironischen Unterton in der Stimme und boxte seinem besten Kumpel in die Seite. „Hast du Hunger?"

„Also wirklich, Alexej! Ich verstehe die Frage nicht!" Er grinste.

„Na dann los."

Kurz darauf durchströmte ein herrlicher Geruch nach gebratenem

Fleisch das gesamte Haus. Vitali konnte es kaum erwarten, in einen saftigen Burger zu beißen. Als sie mit den Vorbereitungen fertig waren, bauten sie sich in der Küche die Hamburger zusammen, nahmen jeder noch ein Bier und setzten sich zum Essen wieder auf die Bank vor dem Haus. Voller Vorfreude biss Vitali in seinen Burger, die dunkelbraune Barbecue Soße rann an seinem Kinn entlang.

„Na, wie sind die Nächte so allein hier draußen?", fragte er seinen Freund breit grinsend und mit vollem Mund. Vitali zwinkerte Alexej zu und biss noch einmal genüsslich in seinen Burger, den er noch immer in beiden Händen auf Höhe seines Mundes gehalten hatte.

Alexej konnte einen Hustenanfall nicht unterdrücken und legte seinen widerwillig neben sich ab. Amüsiert sah Vitali ihm dabei zu, während er genüsslich weiter aß. Sein Hamburger hatte die ursprüngliche Form fast verloren, er war nur noch ein eigenartiges Gemisch aus angefressenen Salatblättern, zerbröseltem Hackfleisch und klebriger Brötchen Masse.

Nachdem der Husten nachgelassen hatte, gönnte Alexej sich in aller Ruhe noch einen Schluck Bier und blieb seinem Freund die Antwort schuldig. Doch Vitali ließ nicht locker. „Ach komm schon! Einsam warst du bestimmt nicht!"

„Kann schon sein." Alexej grinste breit.

„Kann schon sein? Es war ganz bestimmt so! Du alter Schwerenöter!"

„Und wenn schon!"

„Ich habe da ein schwarzes Haarband auf dem Waschtisch gesehen, als ich mir vor dem Essen die Hände gewaschen habe. Und ich kann mich nicht daran erinnern, dass deine Mutter Haarbänder trägt. Sie hat nämlich kurze Haare!" Vitali lachte und hatte sichtlich Spaß daran, seinen besten Freund aufzuziehen.

Alexej wollte gerade ein weiteres Stück abbeißen und hielt inne. „Kein Kommentar!"

„Kenne ich sie?"

„Vitali!"

„Schon gut! Du musst dich auch gar nicht dazu äußern. Ich bin nicht neugierig. Du bist jetzt wieder Single und kannst tun und lassen, was du willst. Aber du hast dich ja ziemlich schnell getröstet, so kurz nach Annas Abreise!"

Sofort legten sich Schatten über Alexejs Augen. Vitali bereute seine Worte sofort, er wollte seinen Freund nicht kränken. Doch es war zu spät.

Alexej legte die Reste seines Burgers zur Seite und blickte mit ernstem Blick hinunter zu den Bäumen am Fluss. Er atmete tief durch, bevor er zu einer Antwort ansetzte: „Am Samstag war ich am Flughafen. Ich war zwar ziemlich spät dran, aber ich konnte mich noch von Anna verabschieden."

„So?" Vitali schaute Alexej fragend an. „Das war sicher keine gute Idee!"

Alexej schluckte und fuhr nervös mit dem Fingernagel am Rand des Etiketts auf der Bierflasche entlang. „Keine Sorge. Es geht mir gut. Ich bin froh, dass sie weg ist. Die Geschichte zwischen uns - es war einfach zu kompliziert. Aber jetzt bin ich erleichtert. Alle Probleme sind gelöst und ich kann mich wieder nur um mich selbst und mein eigenes Leben kümmern. Ich kann machen, was ich will. Und heiße Mädels gibt es in Moskau haufenweise. Kein Problem, eine Neue zu finden. Auch wenn es nur für einen One-Night-Stand ist."

„Aha. Geht es dir wirklich gut? Du bist ein bisschen blass um die Nase!"

„Ach Quatsch! Aber wenn du es genau wissen willst: Ich hab gestern ein bisschen zu tief ins Glas geschaut."

„Ich hoffe für dich, dass es nur ein bisschen zu viel Alkohol war! Oder hast du wieder was genommen?"

„Was willst du von mir? Ich bin dir keine Rechenschaft schuldig!"

„Da hast du Recht. Aber du bist mein bester Freund und ich will, dass es dir gut geht!"

„Ist ja schon gut!"

„Ich will nicht, dass du dich mit dem Scheißzeug kaputt machst!"

„Ach ja? Das sagst gerade du! Früher hast du das ein bisschen lockerer gesehen, aber seit einiger Zeit bist du ein langweiliger Spießer geworden!"

„Weil ich eingesehen habe, dass das Zeug mir schadet und mein Leben kaputt macht. Doch du bist auf dem besten Weg dahin, dein Leben zu ruinieren, wenn du nicht damit aufhörst! Lass endlich die Finger davon!"

„Blödsinn!"

„Hast du dir wieder Nachschub besorgt?"

„Ach, lass mich."

„Antworte mir, Alexej!"

„Das geht dich nichts an! Es ist mein Leben! Und wenn du keine anderen Themen hast, dann hau ab und lass mich in Ruhe!"

„Hey, jetzt chill mal!"

Doch Alexej war längst aufgesprungen und die Böschung hinunter zum Fluss gelaufen. Vitali folgte ihm. Als er Alexej eingeholt hatte, stellte er sich neben ihn, holte eine Zigarettenschachtel hervor und bot seinem

Freund eine Kippe an. Alexej nickte. Beide rauchten und schauten nachdenklich auf die seichten Wellen, die zu ihren Füßen ans Ufer schwappten. Ein dichter Schleier aus dicken grauen Wolken zog auf und verdunkelte den Himmel.

„Du willst nicht darüber reden. Das verstehe ich.", unterbrach Vitali die Stille.

Alexej schwieg, sein Atem beruhigte sich langsam.

„Gibt's jetzt eigentlich noch was Ordentliches zu trinken?"

„Ich dachte, du fragst nie!" Alexej schmunzelte.

Sie gingen gemeinsam den Hang hinauf und Alexej verschwand in der Küche. Kurz darauf kam er mit einer eisgekühlten Flasche Wodka und zwei Gläsern in der Hand zurück und schenkte großzügig ein. Die eiskalte Spirituose brannte in Vitalis Kehle, aber sie wärmte von innen und verdrängte seine Sorgen und betäubte sein schlechtes Gewissen.

Der Wind hatte aufgefrischt und es begann zu regnen. Kurze Zeit später hatten sich die feinen Tropfen zu einem dichten Regenvorhang entwickelt. Der Fluss am Fuße der Böschung war durch den Regen kaum noch zu erkennen. Große, kalte Regentropfen klatschten Vitali und Alexej mitten ins Gesicht. Doch es machte ihnen nichts aus. Die Stimmung lockerte sich spürbar auf.

Die Freunde prosteten sich zu und hatten bald darauf schon die nächste Wodka Flasche geleert. Bis tief in die Nacht saßen sie vor dem Haus auf der Bank. Sie lachten, rauchten und tranken. Und zwischendrin redeten sie über alte Zeiten.

32 ALEXEJ

Am nächsten Morgen stand Alexej am Fenster und genoss den Sonnenaufgang. Vitali hatte Recht. Er musste von diesem Mist loskommen. Aber es war, als wären die Drogen ein Teil von ihm geworden, ein Schatten, der ihn überall hin begleitete. Es war schon krass, wie sich deswegen alles in seinem Leben verschoben hatte. Er dachte an den Streit mit Vitali. Seine Worte hatten ihn wie ein Schlag ins Gesicht getroffen, als er sagte, dass er sich selbst zerstörte. Es stimmte. Er hatte es in den Augen seines Freundes gesehen, die Sorge und die Enttäuschung, als er fragte, ob er sich wieder Pillen gekauft hatte. Aber trotzdem, es gab Momente, in denen er einfach nichts mehr spürte, außer dieser dumpfen Leere. Er wusste tief in seinem Inneren, dass er so nicht weitermachen konnte. Aber es war schwer, davon loszukommen. Es fühlte sich an, als würde er gegen einen unsichtbaren Gegner kämpfen, der ihn immer wieder niederwarf. Vielleicht sollte er es noch einmal versuchen. Aber wie? Er fühlte sich so schwach und hilflos.

33 VITALI

Vitali erwachte vom Geruch von frisch gemahlenem Kaffee. Wie spät war es? Er öffnete die Augen und blinzelte auf die blau-weiße Wanduhr aus Gschel Porzellan, die im Wohnzimmer über dem Kamin hing. Schon nach neun Uhr.

Alexej und er waren gestern am späten Abend ins Haus gegangen, weil der Regen immer stärker wurde und sie schon völlig durchnässt waren.

Drinnen hatte Alexej den Kamin angezündet und die Freunde hatten weiter Wodka getrunken und sich immer wieder zugeprostet. Zur Heimat und zur Mutter kamen noch weitere Toasts hinzu. Auf die Freundschaft und natürlich auch auf die Liebe.

Vitali stand vom Sofa auf. Sein Kopf dröhnte. Es war wohl doch ein bisschen zu viel Wodka gewesen. Im Haus war alles ruhig. Alexej war nirgends zu sehen. Doch der intensive Geruch nach frisch gemahlenem Kaffee weckte seine Lebensgeister. Vitali warf einen Blick in die Küche, die silberne Mokkakanne stand neben dem Herd.

Auf wackeligen Beinen schlich er ins Badezimmer. Dort spritzte er sich kaltes Wasser ins Gesicht und putzte sich die Zähne.

Als er fertig war, zog er sich seinen roten Sweater über und schlüpfte in seine Bluejeans. Dann ging er in die Küche. Aus dem Hängeschrank über der Anrichte schnappte er sich die letzte saubere Tasse mit einem großen Sonnenblumen Motiv (das war sicherlich die Lieblingstasse von Alexejs Mutter) und goss sich einen kräftigen Mokka ein. Danach fühlte er sich fit genug, um hinauszugehen.

Es war ein strahlend goldener Herbsttag. Am Flussufer entdeckte er Alexej, der rücklings auf seinem Lieblingsplatz saß. In der Hand hielt er eine große Kaffeetasse mit dem Emblem von ZSKA Moskau. Der Blick seines Freundes war starr auf den Fluss gerichtet. Er wirkte nachdenklich und konzentriert.

„Guten Morgen Alexej!"

„Guten Morgen!"

Vitali setzte sich neben seinen Freund auf den Baumstamm und trank genüsslich seinen dampfenden Kaffee. Ein paar Enten flogen mit einem lauten Kreischen über das Wasser und ließen sich etwas entfernt am Ufer nieder.

Ganz anders als in der Hauptstadt, dachte Vitali. In Moskau war es jetzt, im September, kaum auszuhalten. Die Sommerfrischler waren von den Datschen zurückgekehrt, auf denen sie die Sommermonate verbracht hatten und das neue Schuljahr hatte gerade begonnen. Die Stadt war noch voller als sonst. Überall Hektik und Lärm, schlechte Luft und Gedränge. Das spürte man besonders in der Metro.

Das erinnerte Vitali an ein Gedicht, dass er vor langer Zeit in einer Zeitschrift gelesen hatte und das ihm sehr gefiel:

Im Sekundentakt rauschen die Züge

von Station zu Station.

Menschen steigen eilig ein und aus,

dann verschwinden sie wieder

in der Dunkelheit der eisigen Nacht.

Überall Menschen,

voller Hoffnung,

voller Sehnsucht.

Jeder einzelne

hat eine eigene Geschichte,

ein persönliches Schicksal.

Doch jeder von ihnen

hat ein Ziel:

nach Hause.

Selbst wenn man als Moskauer in der glücklichen Lage war, in einer Wohnung mit Balkon zu wohnen, konnte man nicht einmal dort wirklich entspannen. Denn Balkone wurden, wenn vorhanden, aus Platzmangel überwiegend als zusätzliche Abstellfläche genutzt und nicht, um dort seine Freizeit mit Lesen oder Kaffee trinken zu verbringen.

Darüber hinaus waren die Wohnungen klein und man wohnte zusammengepfercht mit der gesamten Familie zusammen, oftmals in zwei Zimmern. Hier draußen war das ganz anders. Kein Lärm, frische Luft und viel Natur. Kein Wunder, dass so viele Moskauer ihre Datschen heiß und innig liebten. Auch Vitali fühlte sich hier draußen frei und wohl.

Alexej stupste ihn in die Seite, wies nach rechts und flüsterte: „Schau mal, da drüben."

Durch die Bäume konnten sie etwas entfernt am gegenüberliegenden Ufer eine Gestalt entdecken, die mit einer mintgrünen Hose und einem schwarzen Unterhemd bekleidet war und an der Uferböschung scheinbar gegen einen imaginären Gegner boxte. Die Gestalt tänzelte dabei wild hin und her und ließ die Fäuste abwechselnd nach vorne schnellen.

„Ist das Slawa?", fragte Vitali ungläubig.

„Ganz genau!"

„Und was macht er da?"

„Schattenboxen!"

„Schattenboxen?" Vitali lachte auf und hätte sich beinahe an seinem Kaffee verschluckt.

„Aha! Er hat sich kaum verändert seit damals, das muss man ihm lassen."

In schneller Abfolge kombinierte Slawa jetzt Faustschläge, Leberhaken und Tritte, dann ging er in den Liegestütz und drückte den Oberkörper nach unten, um dann wieder blitzschnell aufzuspringen und die Kombination von vorn zu beginne. Seine Bewegungen waren fließend und routiniert. Slawa sah konzentriert aus, eins mit der Natur und vollkommen in seine Übungen versunken. Vitali bewunderte insgeheim die Fitness und die Beweglichkeit des alten Mannes. Obwohl Slawa einen etwas vorstehenden Bauch hatte, schien dieser ihn bei seinen Übungen überhaupt nicht zu stören.

„Interessant!"

„Das macht er jeden Morgen. Und das schon seit zwei Jahren! „Weißt du inzwischen, was er so macht?"

„Ich habe ihn öfter nachmittags mit einem Stapel Bücher am Ufer sitzen sehen. Aber was er arbeitet, weiß ich nicht. Ich glaube, er ist nachts unterwegs und kommt erst im Morgengrauen zurück. Dann sieht man ihn bis zum Nachmittag nicht mehr, weil er schläft."

„Also irgendeine Tätigkeit, die man nachts machen kann. Vielleicht arbeitet er ja beim Geheimdienst?"

„Kann schon sein! Wie aufregend! Na, wir werden es schon herausfinden."

Vitalis Telefon vibrierte in seiner Hosentasche. Er kramte es hervor und schaute auf das Display. Eine Nachricht von Nadja. Der Text war kurz, aber eindeutig. Sein Herz setzte einen Schlag aus, doch er zwang sich, ruhig zu bleiben. Mit einem flauen Gefühl in der Magengegend steckte er das Telefon wieder in die Tasche und versuchte, die Nervosität zu unterdrücken.

„Alles in Ordnung?"

Vitali atmete tief ein und versuchte seine Unruhe vor Alexej zu verbergen. Er spürte einen unangenehmen Druck auf der Brust.

„Ja, alles gut. Ich muss morgen zurück nach Moskau und ein paar Dinge klären."

„Ok. Und was machen bis dahin?"

„Hm, ich weiß nicht. Hast du eine Idee?"

„Was hälst du von einer ausgedehnten Kanutour wie in alten Zeiten?"

„Großartig! Ich bin dabei!"

34 ALEXEJ

„Mach´s gut, Alexej! Ich komme in ein paar Tagen wieder vorbei und sehe nach dir. Und bis dahin gilt für dich: Keine Frauen! Kein Alkohol! Stattdessen: Viel Sport, gesundes Essen, früh schlafen gehen!"

Alexej lachte. „Geht klar, Mama!"

Die Männer umarmten sich zum Abschied. Dann stieg Vitali in seine dunkelblaue Tschaika und brauste davon.

Alexej blieb allein auf der Datscha zurück. Er konnte es nicht benennen, aber es war da. Dieses leise, stetige Ziehen im Inneren, dass ihm das ungute Gefühl gab, dass etwas mit Vitali nicht stimmte. Er hatte seinen Freund beobachtet, es begann genau in dem Moment, als Vitali am Morgen des vorherigen Tages eine Nachricht auf seinem Telefon erhalten hatte. Er hatte ihm weder gesagt, von wem die Nachricht kam, noch etwas über deren Inhalt verraten. Die unerschütterliche Leichtigkeit, die Vitali sonst immer ausgestrahlt hatte, war in diesem Augenblick einer Unruhe gewichen, die ihn scheinbar nicht mehr losließ. Und Alexej wurde das Gefühl nicht los, dass Vitali etwas vor ihm verheimlichte. Ein Geheimnis, das so schwer auf ihm lastete, dass es ihn erdrückte, aber er konnte oder wollte es ihm nicht sagen. Bei der gemeinsamen Paddeltour am Nachmittag wirkte Vitali abwesend, so als ob er mit seinen Gedanken ganz woanders war. Was war mit ihm los? Was hatte er in Moskau zu erledigen?

Mit diesen Gedanken ging Alexej ins Haus. Der Boden unter seinen Füßen knarzte leise, als er sich durch das kleine Wohnzimmer bewegte und die Kissen auf dem Sofa ordnete. Es war still im Haus, bis auf den Regen, der leise gegen die Fenster prasselte. Die Welt draußen war ein sanftes Grau getaucht. Er ging hinüber in die Küche. In der Spüle hatte sich ein Berg von Geschirr angesammelt. Alexej drehte das warme Wasser auf und tauchte den ersten Teller hinein. Während das Geräusch des Wasserplätscherns durch den Raum hallte, entspannte er sich.

Als das Geschirr sauber war, stellte er den letzten Teller auf das Regal und schaute aus dem Fenster. Die Sonne war noch immer hinter den Wolken gefangen, doch es zog ihn nach draußen. Er zog sich eine warme Jacke an, schlüpfte in die weißen Sneaker und schloss die Tür hinter sich.

Der Regen hatte nachgelassen, aber der Boden war noch feucht. Er ging die Böschung hinunter zum Fluss und folgte dem schmalen Pfad am Ufer in Richtung Dorf. Der Pfad war schlammig, doch er war fest entschlossen, sich nicht von den Pfützen aufhalten zu lassen. Der Boden roch nach frischer Erde und nassem Gras, und für einen Moment schloss Alexej die Augen, um die Ruhe in sich aufzunehmen. Die Welt schien in diesem Moment so einfach, so unaufgeregt. Ein kleiner Spaziergang, der die Gedanken ordnete und den Kopf frei machte.

Er kehrte zum Haus zurück, streifte die Sneaker von den Füßen und hängte seine Jacke an der Garderobe auf. Durch die Fenster fiel ein sanftes Licht und ließ die Möbel in einem warmen Glanz erstrahlen. Unter dem Sofa lugte etwas Glänzendes hervor. Er bückte sich und zog ein silbernes Armband hervor. Der Anhänger, eine kleine Schildkröte aus Silber, schimmerte im Licht. Er erkannte es sofort - es war Annas Armband! Ungläubig betrachtete er es und ließ es immer wieder durch seine Finger gleiten. Seit dem unglücklichen Abschied am Flughafen hatte er nichts mehr von ihr gehört. Kein Wort, keine Nachricht, keine Spur von ihr. Und jetzt - dieses Armband.

„Was zum…?" murmelte er und fuhr mit der anderen Hand durchs Haar. Er setzte sich auf den Boden, das Armband immer noch in der Hand. Die Gedanken wirbelten in seinem Kopf, ein wirres

Durcheinander aus Fragen und Erinnerungen. Wie lange lag es schon unter dem Sofa? Hatte sie es vergessen? Wenn nicht, wie war es dann hierher gekommen?

Alexej schloss die Augen. Der Duft ihres Parfüms, der Klang ihrer Stimme, ihr fröhliches Lachen - alles war noch so lebendig in ihm.

Er drehte das Armband erneut zwischen den Fingern. Die tiefe Wunde in seinem Herzen, die er so kläglich versucht hatte, zu heilen und das schmerzhafte Gefühl des Verlassenseins, es war alles wieder da und schien ihn innerlich zu zerreißen. Warum jetzt? Warum ausgerechnet hier? Und was sollte er damit anfangen? Sollte er es zurücklegen, als ob nie etwas gewesen wäre? Dafür wühlte es ihn viel zu sehr auf. Alexej seufzte tief und ließ sich auf das Sofa fallen. Die Stille um ihn herum fühlte sich plötzlich erdrückend an.

Alexej stand abrupt auf. Der Gedanke, es einfach zu ignorieren, schien unmöglich, aber er konnte sich nicht länger in dieser Gedankenflut verlieren. Um sich abzulenken, kramte er aus dem Schrank seine Spielkonsole hervor und zockte bis zum Morgengrauen.

35 Alexej

Alexej erwachte durch das vertraute Summen seiner Spielkonsole. Auf dem Fernseh-Screen flimmerte in endlosen Wiederholungen das Intro von seinem Lieblingsspiel *Teenage Ninja Turtles*. Es war wieder eine der Nächte gewesen, in denen er sich in einer anderen Welt verloren hatte, in der er nichts und niemanden hören musste. Doch jetzt war er wieder in der Realität und fühlte sich wie erschlagen.

Er sah auf die Uhr - es war schon fast elf. Ein flüchtiger Blick auf sein Smartphone zeigte ihm eine Nachricht von Vitali. Er würde sie später lesen und antworten.

Der Gedanke an das Armband ließ ihn nicht los. Was sollte er tun? Er könnte Nadja anrufen und sie nach Anna und dem Armband fragen. Er zögerte. Seit ihrem Besuch auf der Datscha hatten sie keinen Kontakt. Das, was zwischen ihnen geschehen war, verunsicherte ihn und er wusste nicht, wie er mit der Situation umgehen sollte. Doch sie hatte vielleicht etwas von Anna gehört und hatte Antworten, schließlich waren die beiden eng befreundet. Es half nichts, er musste über seinen Schatten springen. Alexej nahm sein Smartphone, wählte Nadjas Nummer und wartete. Es klingelte, doch dann war es still. Keine Antwort. Alexej seufzte, wischte über das Display und versuchte es erneut. Es änderte sich nichts. Kein Ton, keine Nachricht, keine Antwort.

Frustriert rieb er sich das Gesicht, tippte eilig *Hast du etwas von Anna gehört?* in sein Smartphone und drückte auf *Senden*. Dann wählte er die Festnetznummer von Annas Mutter Sina. Sie konnte ihm bestimmt helfen. Und wusste, ob Anna unversehrt in Berlin angekommen war. Das Telefon klingelte, doch niemand nahm ab.

Alexej legte sein Smartphone auf den Tisch und spürte, wie der Zorn langsam in ihm hochstieg. „Verdammte Scheiße!" Er sprang auf, schnappte sich das Armband, das immer noch auf dem Tisch lag, und drehte es in seinen Fingern. Keine Nachricht, das Armband und die Vision von Anna in den Flammen eines brennenden Metro-Zuges. All das waren Indizien, die nicht zusammenpassten, aber mit Anna in Verbindung standen. Und er musste unbedingt herausfinden, ob Anna tatsächlich in Berlin war. Er nahm sein Telefon und schrieb Vitali eine Nachricht und bat ihn, so schnell wie möglich zu kommen.

36 ALEXEJ

Als Vitali einige Stunden später abgehetzt und völlig außer Atem auf der Datscha eintraf, saß Alexej seelenruhig auf dem Baumstamm unten am Fluss.

„Was ist los? Ich bin so schnell gekommen, wie ich konnte." Schwer atmend starrte Vitali seinen Freund an.

„Setz dich erstmal."

„Alexej, als ich deine Nachricht bekam, habe ich alles stehen und liegen gelassen und bin losgefahren. Der Text klang ziemlich dramatisch. Und jetzt bin ich hier und du sitzt seelenruhig am Fluss. Was ist verdammt nochmal los?"

Alexej blickte angestrengt in die dichten grauen Wolken und zog die Kapuze seines Hoodies über den Kopf. Wie in Zeitlupe zündete er sich eine Zigarette an. Vitali ahnte wohl, dass die Mitteilung, die Alexej ihm machen wollte, einige Zeit dauern würde, also setzte er sich neben seinen Freund auf den Baumstamm und zündete sich ebenfalls eine

Zigarette an. Voller Ungeduld schaute er Alexej an. „Ich finde, du bist mir eine Erklärung schuldig. Also: Bist du krank? Verletzt? Oder gar überfallen worden?"

„Nein, nichts davon."

„Was dann? Jetzt erzähl schon und lass dir nicht jedes Wort aus der Nase ziehen!"

„Ich habe das Gefühl, dass etwas nicht stimmt."

„Kannst du dich bitte etwas genauer ausdrücken? Wovon redest du?"

„Anna."

„Schon wieder Anna! Alexej, wir hatten das Thema doch schon so oft und wir waren uns einig, dass …"

„Ich habe ihr Armband im Haus gefunden."

„Was für ein Armband?"

„Ein silbernes Armband mit einer Schildkröte. Ich habe es Anna im vergangenen Jahr zum Jahrestag geschenkt."

„Aha. Und? Deswegen machst du so einen Aufstand? Als ich deinen Text gelesen habe, dachte ich, dass dir etwas zugestoßen ist und du Hilfe brauchst."

Alexej blickte noch immer in den trüben grauen Himmel und murmelte:

„Es lag unter dem Sofa."

„Was hast du gesagt?"

„Das Armband. Es lag unter dem Sofa."

„Was ist so dramatisch daran? Anna hat es sicherlich irgendwann mal hier vergessen und du hast es jetzt gefunden. So einfach ist das. Es spielt doch keine Rolle mehr, wie und warum das Armband hierhergekommen ist."

„Nein."

„Wie Nein?"

„Mann, Vitali! Du kapierst überhaupt nichts!"

„Dann erkläre es mir!"

„Es ist ein Zeichen des Schicksals!"

„Du spinnst! Ein Zeichen des Schicksals! Was ist das denn für ein Blödsinn? Anna hat es vielleicht bei ihrem letzten Besuch hier vergessen. Fertig! Eine ganz simple Erklärung!"

„Das kann nicht sein!"

„Wieso? Hat sie es etwa am Flughafen getragen?"

„Das weiß ich nicht."

„Wieso zerbrichst du dir darüber den Kopf? Es ist doch egal!"

„Nein! Es ist ein Zeichen!"

„Alexej, so langsam glaube ich, dass du den Verstand verlierst! Was ist los mit dir?"

„Ich habe wiederkehrende Visionen von Anna. Sie steht in den Flammen eines brennenden Metro-Zuges. Ich weiß, dass es verrückt klingt."

„Das ist dein Kopf, der dich nicht in Ruhe lässt. Und dieses Zeug. Das vernebelt dir das Hirn. Hast du wieder was genommen? Du musst endlich mit diesem Scheißzeug aufhören! Verstehst du? Es macht dich kaputt!"

„Ich nehme doch gar nichts mehr! Außerdem: Visionen habe ich schon seit meiner Kindheit. Und du weißt, dass ich mit meinen Vorahnungen bisher selten daneben lag."

„Ach was, das waren alles Zufälle."

„Wirklich? Hast du vielleicht in den letzten Tagen etwas von Anna gehört, seitdem sie aufgebrochen ist? Hat sie sich aus Berlin gemeldet? Dir vielleicht die ersten Touri-Bilder vom Fernsehturm geschickt?"

„Alexej, jetzt chill mal! Wieso sollte sie sich ausgerechnet bei mir melden? Und außerdem hat sie jetzt sicher andere Dinge zu tun."

„Das ist merkwürdig."

„Das findest du merkwürdig?"

„Ja, weil ich verdammt nochmal spüre, dass es ihr nicht gut geht!"

Alexej nahm ein paar hastige Züge von seiner Zigarette.

„Was ist mit ihrer Mutter? Hast du sie angerufen?"

„Ich es versucht, aber es ist niemand ans Telefon gegangen."

„Und Nadja? Vielleicht weiß sie etwas?"

„Nadja habe ich auch nicht erreicht. Hast du in den letzten Tagen mit ihr

gesprochen?"

Vitali schüttelte den Kopf.

„Vitali! Ich muss nach Moskau und herausfinden, wo Anna ist!"

„So ein Blödsinn! Anna ist in Berlin."

Vitali fasste Alexej an den Schultern und zwang seinen Freund, ihn

anzusehen. Doch Alexej sprang unvermittelt auf und warf die

angerauchte Zigarette auf den Boden.

„Verstehst du nicht, was ich gerade gesagt habe? Ich muss zurück nach

Moskau und sie suchen!"

„Alexej, du verrennst dich da in irgendwas!"

„Wieso hat sie sich dann noch nicht gemeldet, dass sie gut angekommen

ist?"

„Das weißt du doch gar nicht! Im Übrigen: Sie muss sich auch nicht melden! Und bei dir schon gar nicht! Anna ist erwachsen und kann und tun lassen, was sie will! Ihr seid nicht mehr zusammen. Sie ist dir keine Rechenschaft schuldig. Also finde dich endlich damit ab, dass es vorbei ist!"

„Das kann ich nicht."

Alexej zündete sich eine neue Zigarette an und zog hastig mehrmals hintereinander daran. Die graue Asche bröselte auf die Grashalme, die vor und neben dem Baumstamm wild nach oben wuchsen.

„Das musst du aber! Je schneller, desto besser!"

„Vitali, ich liebe sie immer noch! Und ich könnte es nicht ertragen, wenn ihr etwas zugestoßen ist. Denk, was du willst, aber ich werde es herausfinden! Lass uns morgen zum Flughafen fahren!"

„Alexej! Du hast doch nicht ein Indiz dafür, dass ihr etwas zugestoßen ist, nur vage Vorahnungen, die du dir in deinem Kopf zusammengereimt hast. Das reicht nicht!"

„Das ist mir egal! Ich muss sie suchen und ich werde sie finden! In meinen Visionen entgleist der Zug mit Anna an einer Metrostation. Aber ich kenne die Station nicht. Dort sind keine Schilder oder sonstige Hinweise. Und es sieht auch nicht danach aus, als ob es eine reguläre

Station ist. Es muss einen Zusammenhang geben zwischen Annas Abreise am Flughafen und der Metro. Gibt es unter dem Flughafen Sheremetjevo neben der regulären auch eine Station, die nicht mehr in Betrieb ist?" Vitali runzelte die Stirn. „Vitali!"

„Wie kommst du denn jetzt darauf?"

„Komm schon! Du arbeitest doch bei der Moskauer Metro. Du musst es doch wissen."

Vitali rieb sich nervös die Hände. „Hm ja, kann schon sein."

„Lass uns dorthin gehen und Anna suchen!"

„Auf keinen Fall, Alexej!"

„Und wieso nicht?"

„Sag mal spinnst du? Du weißt genau, dass es verboten ist, sich in den Metro-Schächten herumzutreiben!"

„Na und?!"

„Nichts na und! Die Polizei würde uns sofort festnehmen, wenn sie uns dort unten erwischen. Dort hat niemand etwas zu suchen!"

„Sie werden uns aber nicht erwischen."

„Bist du sicher?"

„Und wenn schon: Es ist mir egal!"

„Ich verstehe dich nicht Alexej. Du hast nicht den geringsten

Anhaltspunkt dafür, dass deine Visionen etwas mit der Realität zu

haben. Warum ist dir das auf einmal so wichtig? Anna hat mit dir

Schluss gemacht, eure Beziehung war schon lange kaputt, ihr habt euch

nur noch gestritten. Du hast es mir selbst erzählt. Und jetzt willst du

Himmel und Hölle in Bewegung setzen, um sie zu suchen?"

„Falls du es nicht verstanden hast: Ich liebe sie immer noch Vitali! Und

ich würde alles für sie tun!"

„Das fällt dir aber ziemlich spät ein."

Alexej nahm einen letzten Zug und drückte die Zigarette neben sich auf

der Rinde aus. „Ich weiß. Und ich muss etwas ändern. Hilfst du mir jetzt

bei der Suche oder nicht?"

„Nochmal für dich zum Mitschreiben: Du hast überhaupt keine

Hinweise darauf, dass Anna dort unten ist. Und außerdem: Es ist zu

gefährlich und ich würde meinen Job verlieren, wenn man uns da unten

erwischt. Was willst du den Beamten als Begründung auftischen, warum

wir uns da unten herumtreiben?"

„Vitali! Ich brauche dich! Der Lada springt nicht an und Slawa hat

keinen Wagen. Ich komme hier nicht weg!"

Alexej ballte die rechte Hand zur Faust und hämmerte gegen seine Stirn.

Er wusste selbst nicht genau, warum er seinen Freund so sehr bedrängte, ausgerechnet in einen Metro-Schacht hinabzusteigen. Und er hatte nicht die leiseste Ahnung, wie er seine Angst überwinden sollte, die er bisher vor seinem besten Freund geheim gehalten hatte. Schon allein bei dem Gedanken an die intensiven Gerüche nach Schleifkohle und Schmiermitteln, wurde ihm übel. Aber etwas trieb ihn und er wusste nicht genau, was es war. Er war jetzt davon überzeugt, dass Anna nicht in Berlin angekommen war und dass ihr etwas zugestoßen sein musste. Das Armband und seine wiederkehrenden Visionen - das war ein Zeichen des Schicksals. Und er musste diesem Zeichen folgen. Alexej wusste, dass es absurd klang, was er von seinem Freund verlangte. Er wollte nicht, dass Vitali Ärger bekam. Doch er wusste sich nicht anders zu helfen. Er hoffte selbst darauf, dass alles in Ordnung war und Anna wohlbehalten in Berlin angekommen war. Doch sein Innerstes sagte ihm, dass Anna in Not war und seine Hilfe brauchte.

Alexej machte einen letzten verzweifelten Versuch, seinen besten Freund zu überreden. „Lass uns wenigstens zum Flughafen fahren und nachfragen. Dann wissen wir, ob die Maschine in Berlin gelandet ist und ob Anna an Bord war. Bitte Vitali! Nur ein einziger Versuch und dann kehren wir wieder um! Und dann lasse ich dich mit diesem Thema in Ruhe und rede nie wieder davon! Wenn ich hier noch länger herumsitze, werde ich verrückt!"

Vitali wiegte nachdenklich seinen Kopf hin und her.

„Wo willst du denn anfangen?"

„Bei den Krankenhäusern. Wenn Anna nicht in das Flugzeug steigen konnte, weil ihr etwas auf dem Flughafengelände zugestoßen ist, dann wurde sie sicherlich in ein Krankenhaus gebracht."

„Du musst nicht gleich vom Schlimmsten ausgehen, Alexej!"

„Warte … Das nächstgelegene Krankenhaus in der Nähe des Flughafens ist … Ich muss kurz überlegen … Ah, genau!" Er fasste Vitali grob an den Schultern und sah ihm fest in die Augen. „Es ist das Krankenhaus Nr. 5, in dem Nadja arbeitet! Sie kann uns bestimmt helfen!"

„Alexej, das ist ziemlich weit hergeholt, findest du nicht?"

„Es ist ein Anfang!

Vitali fixierte Alexej mit einem zweifelnden Blick.

„Jetzt chill mal! Wir fragen sie morgen, ok? Heute ist es dafür zu spät. Und jetzt lass uns schlafen gehen! Ich bin todmüde!"

In der darauffolgenden Nacht fand Alexej keinen Schlaf. Sein Puls raste und auf seiner Stirn stand Schweiß. Alexej wusste - sein Körper ließ sich nicht so einfach durch Alkohol und Willenskraft überlisten, er forderte unablässig Ecstasy Nachschub. Sein Kopf dröhnte und Alexej wollte schon nachgeben, aufstehen und sich heimlich eine Pille einwerfen. Der kalte Entzug, die Angst und die Sorge um Anna brachten ihn fast um den Verstand. *Nein, ich will das nicht mehr!*

Unruhig wälzte er sich im Bett hin und her und überlegte fieberhaft, ob Vitali Recht hatte. War seine Sorge um Anna übertrieben? Steigerte er sich in etwas hinein? Vielleicht. Aber Alexejs Bauchgefühl hatte ihn in der Vergangenheit selten getäuscht. Er musste mit eigenen Augen sehen, dass es Anna gut ging. Alexej hatte einen Plan und er schwor sich, dass er sich von Vitali nicht davon abbringen lassen würde, diesen Plan auch zu verfolgen.

37 ALEXEJ

„Hast du etwas von Nadja gehört?" Alexej und Vitali frühstückten in der Küche und schauten aus dem Fenster auf die hohen Birken nahe der Uferböschung, deren Zweige sich im Herbstwind hin und her bogen. Alexej kaute gedankenverloren auf seinem Marmeladentoast herum.„Du hast ihr aber geschrieben, oder etwa nicht?"

„Hm, ja."

„Vitali!"

„Was denn?"

„Sag mir die Wahrheit! Hast du Nadja geschrieben oder nicht? Du hast es mir versprochen!"

„Alexej, das ist doch absurd. Vergiss es einfach!"

„Nein! Das kann ich nicht!"

„Wieso schreibst du ihr nicht selbst?"

„Das habe ich doch schon getan! Sie hat mir nicht geantwortet!"

„Dir ist doch wohl klar, dass wir, selbst wenn Anna stationär in einem Krankenhaus aufgenommen wurde, keine Auskunft erhalten werden - auch nicht von Nadja - da wir keine Angehörigen sind!"

Alexej musste seine Nerven beruhigen. Er sprang auf, stürzte zur Kaffeemaschine und schenkte sich zitternd Kaffee nach. Er war viel zu aufgeregt, um sich wieder hinzusetzen und lief nervös zwischen dem Küchentisch und dem Fenster auf und ab. „Ich halte es nicht aus! Irgendetwas müssen wir doch tun!"

„Würdest du dich bitte wieder hinsetzen?"

„Nein!"

„Alexej, was soll ich ihr denn schreiben? Nadja ist an die ärztliche Schweigepflicht gebunden. Sie darf uns sowieso keine Auskunft geben, schon gar nicht als Nachricht auf dem Handy!"

„Das ist mir egal! Ich werde sie fragen! Gleich jetzt! Du bekommst das ja scheinbar nicht hin!"

„Alexej, jetzt beruhige dich erstmal!"

„Vitali, ich kann seit Tagen nicht schlafen und in der letzten Nacht hatte ich wieder Visionen von Anna: von einer Metrostation und einem Zug, der in voller Geschwindigkeit auf sie zurast. Sie liegt verletzt auf dem Boden. Und ich kann ihr nicht helfen! Die Visionen waren verdammt real. Kannst du dir vorstellen, wie sich das für mich anfühlt?"

„Hast du wieder etwas von dem Zeug genommen?"

„Nein, verdammt nochmal! Und es ist mir auch egal, wie du darüber denkst, denn mein Entschluss steht fest: Ich werde Anna suchen - in den Krankenhäusern von Moskau und in den Metrostationen. Und ich werde jetzt - genau jetzt - damit anfangen! Und du wirst mich nicht davon abhalten!"

"Das ist ja verrückt! Wie willst du das anstellen? Es gibt nicht nur das Krankenhaus, in dem Nadja arbeitet, nein! Insgesamt gibt es an die vierzig Krankenhäuser in Moskau und zweihundertfünfzig Metro-Stationen! Denk mal darüber nach! Wie lange willst du suchen? Tage? Wochen?"

„Jetzt hör mir mal genau zu, Vitali. Hast du jemals eine Frau so geliebt, dass du gespürt hast, wenn es ihr schlecht ging, auch wenn sie nicht in deiner Nähe war?" Mit großen Augen schaute Vitali Alexej an.

„Scheinbar nicht! Dann kannst du dir nicht im Entferntesten vorstellen, wie es mir geht! Denn ich spüre, dass Anna in Gefahr ist und leidet. Und ich kann ihr nicht helfen, weil ich nicht weiß, wo sie ist! Das macht mich fertig! Ich werde jetzt etwas unternehmen! Entweder du hilfst mir oder ich mache es allein! Ohne deine Hilfe wird es länger dauern, aber ich gebe nicht auf! Und wenn ich in jedes einzelne Krankenhaus fahre und alle Stationen absuche, jeden Tunnel und jede Tür! Ich werde sie finden!"

„Interessant, welche Energie du dafür aufbringst. In der Zeit, als ihr zusammen wart, hast du ihr das so nicht gezeigt, wie sehr du sie liebst! Sonst hätte sie dich bestimmt nicht verlassen. Naja, vielleicht gab es ja auch noch einen anderen Grund: Du konntest die Finger nicht von den Scheiß-Drogen lassen! Und jetzt sitzt du hier mit deinem schlechten Gewissen und jammerst mir die Ohren voll!"

„Du Arsch! Halt doch die Klappe." Mit diesen Worten lief Alexej in den Flur, zog sich seine Jacke über, steckte die Schachtel mit den *Chesterfield* Zigaretten und das Feuerzeug mit dem Logo von ZSKA Moskau in seine Hosentasche. Dann knallte er wütend die Haustür hinter sich zu.

38 ALEXEJ

Alexej hatte Mühe, den alten Lada zu starten. Er brauchte mehrere Versuche und viel gutes Zureden, bis der Motor endlich ansprang. Als er aufs Gaspedal treten wollte, öffnete sich plötzlich mit einem Schwung die Beifahrertür. „Du wirst doch nicht etwa ohne mich fahren?" Vitali grinste.

„Das hatte ich tatsächlich vor!"

„Und jetzt?"

„Na komm, steig schon ein."

Vitali ließ sich lässig auf den Beifahrersitz fallen und Alexej trat aufs Gaspedal. Er lenkte das alte Gefährt auf den staubigen Weg in Richtung Dorf und von dort auf die Autobahn in Richtung Hauptstadt. Während der Fahrt wechselten die Freunde kein Wort und Alexej starrte angespannt durch die Windschutzscheibe nach vorn. Der Himmel war strahlend blau und die Herbstsonne blendete ihn. Er kniff die Augen zusammen und versuchte, jegliche Gedanken an Anna zu verdrängen.

Zwei Stunden später parkte er den Lada auf dem weitläufigen Parkplatz zum Krankenhaus Nr. 5 im Norden von Moskau.

Als die beiden kurz darauf das dunkelbraune vierstöckige Klinikgebäude betraten, nahm Alexej sofort den typischen Krankenhausgeruch wahr. Es roch nach scharfen Desinfektionsmitteln, vermischt mit Reinigungsmitteln und abgestandenem Essen. Sie fragten bei einem älteren, kahlköpfigen Pförtner nach dem Weg zur Station für Innere Medizin, auf der Nadja arbeitete. Über das Treppenhaus begaben sie sich in die vierte Etage.

Als sie kurz darauf durch eine Glastür die Station betraten, fiel Alexej sofort eine junge blonde Krankenschwester auf, die hinter dem abgenutzten, aus hellem Birkenholz gezimmerten Stationstresen erschrocken zu ihm aufsah. In ihren Augen, die von einer dicken schwarzen Hornbrille umrandet waren, waren Misstrauen und Angst zu lesen. Auf dem Tisch, der sich hinter dem Tresen befand, zwischen unzähligen Ordnern, Formularen, Stiften und Verbandsmaterial, bemerkte Alexej ein dickes Buch, das augenscheinlich nicht zu der kühlen und sterilen Umgebung passte. Er linste hinüber und versuchte den Buchtitel auf dem Cover zu entschlüsseln: Offensichtlich war es ein Liebesroman. Schnell schob die junge Frau, an deren Kittel ein Schild mit der Aufschrift *Sr. Vika*, ihren Namen verriet, mit hochrotem Kopf das Buch unter einen Stapel mit Krankenakten.

Vitali räusperte sich, dann beugte er sich zu Alexej. "Ich gehe nach unten und frage bei Pförtner und in der Notaufnahme.", flüsterte er ihm zu. „Vielleicht finde ich einen Hinweis. Und du kannst in der Zwischenzeit in aller Ruhe mit der Kleinen flirten!"

Er zwinkerte Alexej verräterisch zu. Dann wandte er sich ab und verschwand durch die Glastür, die zurück ins Treppenhaus führte.

Alexej verdrehte die Augen, doch dann wandte er sich lächelnd an die junge Schwester, die ihn mit einem schüchternen Blick musterte.

Vielleicht konnte Schwester Vika ihm tatsächlich helfen. Oder sogar Nadja, die sicherlich heute ihren Dienst auf der Station versah und im nächsten Augenblick den Flur entlangkommen würde. Und dann? Es würde ihn sicherlich in Verlegenheit bringen, Nadja wiederzusehen.

Den Gedanken an die gemeinsame Nacht schob er beiseite. Dass er offensichtlich mit ihr geschlafen hatte, war ihm inzwischen unangenehm. Für ihn war es eine harmlose Geschichte ohne Bedeutung. Er hatte keine Gefühle für Nadja.

In besagter Nacht hatte er Ablenkung und Trost gesucht, weil er sich einsam und verloren gefühlt hatte. Sie hatten ein bisschen Spaß zusammen gehabt, weiter nichts. Nadja sah das sicherlich genauso. Es würde ihr Geheimnis bleiben und niemand würde es je erfahren.

„Hallo?" Schwester Vika musterte Alexej mit fragendem Blick.

„Ähm, hallo!"

„Wollen Sie einen Angehörigen besuchen?"

„Ja! Ist eine Anna Kasarina bei Ihnen in Behandlung?"

„Ist sie Ihre Frau?"

„Nein. Sie ist meine Freundin, oder besser gesagt Ex-Freundin!"

Schwester Vika zögerte und ihr ängstlicher Blick scannte den Stationsflur. Doch es war niemand zu sehen. Nervös senkte sie den Blick und rieb ihre Handflächen aneinander. Sie ließ sich Zeit mit der Antwort. Mit zittriger, monotoner Stimme, die so gar nicht zu ihrem hübschen Gesicht mit den blonden gewellten Haaren und den warmen braunen Augen passte, sagte sie schließlich: „Ich darf keine Auskünfte erteilen."

„Aber sie ist hier?"

„Wie gesagt, ich darf keine Auskünfte erteilen."

„Ach bitte machen Sie eine Ausnahme! Ich kann meine Ex-Freundin seit Tagen nicht erreichen und mache mir Sorgen. Vielleicht war sie in einen Unfall verwickelt und wird jetzt hier bei Ihnen behandelt?"

Vika wandte sich ab, trat an einen dunkelblauen Metallschrank im hinteren Teil des Raumes, öffnete eine Schublade, zog eine Patientenakte heraus und begann, darin zu blättern.

„Bitte helfen Sie mir!"

Vika hielt inne, ihr Blick war starr auf die Akte gerichtet. Alexej wollte nicht aufgeben. „Aber Nadja. Ist sie da? Kann ich mit ihr sprechen? Sie ist eine Freundin und arbeitet hier. Nadja Wolwenkova. Sie kennen sie bestimmt!"

Jetzt hob Vika hob den Blick und schien nachzudenken, dann schüttelte sie langsam den Kopf und wandte sich wieder konzentriert den Unterlagen zu. „Kommen Sie, ich muss mit ihr sprechen!" Vika machte eine Handbewegung, die ihm zu verstehen geben sollte, sich zu entfernen. „Bitte! Es geht um Leben und Tod!"

„Ich muss weiterarbeiten."

Ein Arzt, großgewachsen, mit grauem, schütterem Haar und einer breiten flachen Boxernase, näherte sich mit schnellen energischen Schritten. Als der Mann Alexej bemerkte, fixierten seine schwarzen Augen ihn mit einem ernsten, durchdringenden Blick. Hinter dem Tresen zuckte Vika unwillkürlich zusammen und schob sich noch weiter in die Ecke mit dem Aktenschrank zurück.

„Guten Tag, mein Name ist Dr. Nikolai Wolodew. Ich bin Oberarzt auf dieser Station. Gibt es ein Problem?"

„Guten Tag. Ich suche eine Ärztin, Nadja Wolvenkova. Sie arbeitet hier in dieser Abteilung."

Plötzlich verfinsterte sich der Blick des Arztes und seine Kiefermuskeln spannten sich an.

„Was wollen Sie von ihr?"

„Ich möchte sie fragen, ob meine Ex-Freundin, Anna Kasarina hier behandelt wird."

„Es tut mir leid. Wir können Ihnen nicht helfen. Und jetzt gehen Sie bitte."

„Aber wieso denn? Sie müssen sie kennen! Nadja - Nadja Wolwenkowa!"

„Es ist besser, wenn Sie jetzt gehen! Andernfalls sind wir gezwungen, die Polizei zu rufen."

„Nein! Ich werde auf keinen Fall gehen! Ich will eine Antwort auf meine Frage!", schrie Alexej.

„Gehen Sie oder ich rufe die Polizei und lasse Sie festnehmen", brüllte der Arzt. Er legte Alexej eine Hand auf den Rücken und schob ihn unsanft zur Glastür.

„Lassen Sie mich los!"

„Das werde ich, wenn Sie jetzt die Treppe nach unten steigen und unverzüglich das Gebäude verlassen!"

Alexej gab auf. So kam er nicht weiter. Es war sinnlos, sich dem Arzt zu widersetzen. Er wollte nicht schon wieder Ärger mit der Polizei bekommen. „Schon gut, ich gehe ja."

Kurz bevor der Arzt ihn unsanft mit einem leichten Stoß durch die Glastür ins Treppenhaus bugsierte, warf Alexej Vika am Empfang noch einen letzten flehenden Blick zu, doch diese blickte schnell nach unten und wandte sich ab. Dann schloss sich die Milchglastür und Alexej blieb nichts anderes übrig, als die Treppen hinunterzusteigen und das Gebäude zu verlassen.

Auf dem Weg zum Wagen wandte sich Alexej noch einmal um, und blickte hinauf zu den Fenstern der Station in der vierten Etage und es schien ihm, als stünde hinter einem der Fenster eine Person, die ihn beobachtete.

Vitali wartete bereits auf ihn. Er lehnte lässig an der dunkelgrünen Kühlerhaube und rauchte. Als Alexej ihn erreicht hatte, hielt Vitali ihm wortlos die geöffnete Zigarettenschachtel hin. Alexej nickte. Vitali gab ihm Feuer und die Flamme ergriff die Spitze der Zigarette. Alexej nahm einen tiefen Zug, hielt den Rauch einen Moment lang in den Lungen und ließ ihn dann langsam entweichen. „Das Verhalten der Schwester war merkwürdig! Sie schien verängstigt zu sein und wiederholte immer wieder, dass sie keine Auskünfte erteilen darf."

„Was ist daran merkwürdig? Hab ich´s dir nicht gesagt? Das ist doch nichts Neues, dass das Krankenhauspersonal keine Auskunft darüber geben darf, wer ihre Patienten sind und wie deren Gesundheitszustand ist."

„Ja, das schon. Aber dann kam dieser Arzt, Dr. Wolodew! Du hättest sehen sollen, wie er reagiert hat, als ich nach Nadja gefragt habe."

„Wie denn?"

„Seine Augenbrauen zogen sich zusammen und er hat sofort dicht gemacht! Und dann hat er mich rausgeschmissen! Einfach so! Was hast du herausgefunden?"

„Ich war beim Pförtner, aber er hat mich abblitzen lassen. Dann habe ich in der Notaufnahme nachgefragt, aber sie haben mich abgewimmelt."

„Und nun?"

„Über die Krankenhäuser kommen wir nicht weiter. Egal, in welcher Klinik wir fragen würden, niemand würde uns eine Auskunft geben. Tja, das wars dann wohl!" Vitali warf die Kippe auf den Boden und trat sie mit einem kurzen, entschlossenen Fußtritt aus. Dann wandte er sich um und öffnete die Beifahrertür.

„Wo willst du hin?"

Vitali stand in der geöffneten Beifahrertür und blickte Alexej erstaunt an. „Was für eine dämliche Frage! Zurück zur Datscha natürlich!"

„Auf keinen Fall, Vitali! Wir haben Anna noch nicht gefunden!"

„Alexej, es hat keinen Sinn! Wann gibst du endlich auf?"

„Ich werde solange nicht aufgeben, bis ich sie gefunden habe und weiß, dass es ihr gut geht!"

„Aha. Bestimmt hast du noch so eine tolle Idee, wohin wir als nächstes fahren sollten?!"

„Ja! Wir fahren zu Nadjas Wohnung! Wenn sie schon nicht ans Telefon geht und keinen Dienst hat, wird sie wohl zu Hause sein!"

„Jetzt drehst du völlig durch! So ein Unsinn! Was sollen wir bei Nadja? Das werden wir nicht tun!"

„Achja?! Lässt du mich jetzt hängen?"

„Alexej, was soll das?"

„Ich dachte, wir sind Freunde? Und Freunde lässt man nicht hängen! Ich habe dich damals auch nicht hängen lassen!"

Vitali blickte auf und schaute Alexej fragend an. „Wie meinst du das?"

„Du erinnerst dich nicht mehr? Du wärst jetzt nicht hier, wenn ich dich damals nicht…"

„Mann, Alexej! Es hat dich niemand darum gebeten, mir das Leben zu retten! Und außerdem war es ein Versehen."

„Sich nachts völlig betrunken mitten auf die Stadtautobahn zu stellen und sehnlichst darauf zu warten, überfahren zu werden?"

„Du Arsch! Wir wollten nie wieder darüber reden!"

„Schon gut, reg dich wieder ab! Es ist ja nochmal gut gegangen. Aber jetzt brauche ich deine Hilfe. Bitte Vitali!"

Vitalis Finger der rechten Hand krallten sich in den silbernen Türrahmen des Ladas. Er schloss für einen kurzen Moment die Augen und atmete tief durch. „Also gut, ich helfe dir. Aber wir fahren nicht zu Nadja!"

„Ok, dann lass uns zum Flughafen fahren! Dort habe ich Anna zuletzt gesehen und dort gibt es auch eine Metro Station. Es muss einen Zusammenhang geben zwischen dem Flughafen und der Metro! Ich spüre es!" Bei diesen Worten öffnete Alexej schwungvoll die Fahrertür und ließ sich auf den Sitz fallen. Vitali nahm zögerlich neben ihm auf der Beifahrerseite Platz und schüttelte stumm den Kopf. Kurz darauf heulte der Motor auf und Alexej trat energisch aufs Gaspedal.

39 ANATOLI

„Ist sie immer noch bewusstlos?" Anatolis Blick war sorgenvoll auf

Anna gerichtet. Sie lag noch immer auf der Pritsche und regte sich nicht.

Er beugte sich über sie und strich mit der Hand behutsam über ihre

Wange.

„Dämliche Frage, was hast du denn gedacht?"

„Nadja, sie schläft schon viel zu lange."

„Ach, halt´s Maul. Du hast ja keine Ahnung! Ich habe alles im Griff!"

„Scheinbar nicht."

„Was willst du damit sagen?" Nadja trat näher an Anatoli heran und

fixierte ihn mit einem abschätzigen Blick. Dann schaute sie auf ihre Uhr.

„Der nächste Zug wird bald durchfahren."

„Was willst du damit sagen?"

„Dass ich sie jetzt verdammt nochmal ein für alle Mal loswerden will!

Ich brauche freie Bahn, damit ich endlich glücklich werde! Verdammt, wo ist Vitali nur? Der hat scheinbar auch keine Eier. Genau wie du! Ihr seid Waschlappen und zu nichts zu gebrauchen! Alles muss ich allein machen!"

Entrüstet nahm Nadja einen Schluck aus der Weinflasche, die vor ihr auf dem Fußboden stand. Ihre Stimme klang nervös und gereizt. Ihr Blick war starr auf den Holzboden gerichtet. Die schwarzen Augen blitzten vor Wut.

„So eine Scheiße! Diese verdammten Kopfschmerzen!"
Wütend trat sie mit dem Fuß gegen die Holzlatten des Verschlages und fasste sich dann an den Kopf. „Verdammt!"

Dann griff sie in ihre Manteltasche, fingerte eine Tablette heraus, legte diese auf ihre Zunge und spülte sie mit einem großen Schluck Wein hinunter.

„Du wolltest Anna einen Schreck einjagen. Ok, das habe ich verstanden. Und du wolltest dir ein wenig Zeit verschaffen, um eine Entscheidung zu treffen. Deswegen sind wir jetzt hier unten. Aber jetzt ist Schluss!"

„Ja, genau! Falls du dich erinnerst: Es war deine Idee, sie hierher zu bringen!"

„Richtig. Aber das war ein Fehler!"

„Nein, das war es nicht. Es war genau richtig! Und in der Zwischenzeit habe ich eine Entscheidung darüber getroffen, wie wir das Problem lösen!"

Entsetzt schaute Anatoli sie an. Nadja zog eine Pistole aus ihrer Manteltasche und entsicherte sie. Erschrocken wich Anatoli zurück. „Du willst doch nicht etwa …?"

„Die Schlampe muss weg! Es wird niemand Verdacht schöpfen. Offiziell ist sie in Berlin. Und falls sie doch jemand vermisst: Hier unten wird sie niemand finden! Denn niemand außer uns kennt dieses Versteck!"

„Nadja, nicht!"

„Was denn, du Schlappschwanz? Du hilfst mir jetzt, sie auf die Gleise zu legen! Und wage es ja nicht, dich zu mir zu widersetzen! Sonst bist du auch noch dran!"

Bei diesen Worten fuchtelte Nadja mit der Pistole dicht vor Anatolis Gesicht herum.

„Oh nein! Mit einem Mord will ich nichts zu tun haben!"

„Gut, dann muss ich es eben allein machen! Keine Ahnung, wo Vitali sich herumtreibt. Er sollte schon längst hier sein!"

Anatoli riss vor Entsetzen die Augen auf. „Aber …" Er wich zurück und stützte sich mit den Händen an der Tunnelwand ab. Unter seinen Füßen rannten ein paar Ratten aufgeschreckt in die Dunkelheit davon.

„Ich hätte es wissen müssen! Du Idiot hast einfach nicht die Eier! Ein bisschen Tabletten und Hustensaft verticken, das bekommst du gerade noch hin. Aber für alles andere bist du zu gefühlsduselig und zu schwach. Was ist schon dabei, wenn die Schlampe stirbt? Ich sehe jeden Tag Leute sterben! Das macht mir nichts aus!"

Nadja griff zum Wein und trank einen weiteren Schluck. Sie wankte, als sie die Flasche gegen das Licht der trüben Laterne an der Tunnelwand hielt. „Scheiße, wo ist die zweite Flasche?"

Anatoli machte einen Schritt auf Nadja zu und wollte ihr die Flasche aus der Hand reißen. In diesem Moment holte Nadja aus und versetzte Anatoli eine Ohrfeige.

Der Schmerz, der ihm in die Ohren und in den Kopf schoss, fühlte sich heiß und stechend an. Doch Anatoli ließ sich davon nicht beirren. Er musste alles tun, um Nadja von ihrem Vorhaben abzubringen. Anna durfte nicht sterben! Es war noch nicht zu spät!

„Nadja, du hörst jetzt auf zu trinken! Und dann sagst du mir, was ich tun kann, damit Anna aufwacht. Dann bringen wir sie wieder ins Krankenhaus und tun so, als ob es bei ihrer Behandlung zu unvorhergesehenen Komplikationen gekommen ist und sie daher noch länger auf der Station bleiben muss. Die Unterlagen kannst du fälschen!

Anna kann sich sowieso nicht erinnern, wo sie in der Zwischenzeit war und was du mit ihr angestellt hast. Sie hat ja fast die ganze Zeit geschlafen! Nadja, du bekommst eine neue Chance und kannst dich mit ihr aussprechen. Dann vertragt ihr euch wieder. Annas Kopfwunde ist fast abgeheilt, sie kann sich bei euch im Krankenhaus erholen. Du als ihre Freundin bist die ganze Zeit an ihrer Seite. Dann wird sie entlassen und alles wird wieder gut. Ganz einfach."

Nadja wankte, klammerte sich an der Flasche fest. „Sag mal spinnst du! Was ist das denn für eine irrsinnige Vorstellung! Anna muss sterben! Erst dann wird alles gut! Und ich werde mit Alexej glücklich werden!"

„Nadja, jetzt reicht es!" Anatoli trat einen Schritt auf Nadja zu und wollte ihr erneut die Flasche entreißen. Sie versuchte, ihn davon abzuhalten. Als sie miteinander rangen, fiel die Flasche zu Boden und eine Glasscherbe verletzte Anatoli am Knie. Erschrocken schaute er nach unten auf die Wunde. Plötzlich löste sich ein Schuss und Anatoli sackte zu Boden.

40 ALEXEJ

Alexej lenkte den Wagen auf einen Parkplatz für Mitarbeiter, dann stiegen sie aus und betraten das Flughafengebäude durch einen Nebeneingang. Kurze Zeit später hatten sie die Ankunftshalle erreicht. Sie mussten sich an einer Menschentraube vorbeizwängen, die in der weitläufigen Halle auf die Ankommenden warteten.

In der Halle duftete es nach aromatischem Kaffee, warmen Salamibrötchen und frisch gebackenen Schokomuffins. An einem Verkaufsstand drehte Vitali sich zu Alexej um und zwinkerte ihm zu.

„Ich habe schon wieder Hunger!"

„Vergiss es! Wir haben keine Zeit zum Essen!"

„Ach komm schon, nur einen Kaffee und ein Salami-Käse Sandwich!"

Unvermittelt blieb Vitali stehen, betrachtete die Auslage eines Cafés und warf Alexej einen traurigen Blick zu. „Wenigstens einen schönen heißen Kaffee!"

„Na gut." Alexej verdrehte die Augen.

Kurz darauf standen sie an einem der Stehtische, jeder einen Coffee-to-go Becher mit dampfendem Kaffee in der Hand. Sie beobachteten die Menschen um sie herum, die auf die Ankunft der Passagiere warteten: Frauen mit kleinen Kindern, die ungeduldig und quengelnd an der Hand der Mutter die Ankunft ihrer Väter erwarteten, junge Männer mit üppigen Rosensträußen für die Liebste.

Alexej wurde nervös. Seine rechte Hand, mit der er den Kaffeebecher an die Lippen führen wollte, zitterte. Er wollte nicht auffallen, schon gar nicht den Sicherheitsbeamten, die ihn vor einigen Tagen hinausgeworfen hatten. Von diesem Vorfall hatte er Vitali bewusst nichts erzählt. Auch ein anderes Thema beschäftigte ihn: Seit dem Unfall seines Vaters hatte er keinen Bahnsteig mehr betreten. Und bei dem Gedanken daran, in wenigen Minuten mit Vitali auf der Rolltreppe zu stehen und zur Station hinabzufahren,, ließ ihn erschaudern. Es hatte ihn viel Mühe gekostet, Vitali zu dieser Aktion zu überreden. Und jetzt waren sie hier und er war felsenfest davon überzeugt, dass sie auf der richtigen Spur waren.

Anna musste hier sein. Irgendwo dort unten, in den zahlreichen Stationen und Tunneln der Metro. Vitali hatte natürlich Recht, Alexej hatte keinerlei Beweise, dass Anna tatsächlich dort unten war und es

239

war ein schier unmögliches Unterfangen, in dem weit verzweigten U-Bahn-Netz jemanden zu finden. Schon gar nicht, wenn man keine Ahnung hatte, in welchem Bereich man suchen sollte. Wie hätte er dies der Polizei erklären sollen? Sie hätten ihn für verrückt gehalten und festgenommen.

Nun ja, die Gefahr einer Festnahme, entweder durch die Polizei oder durch das Sicherheitspersonal am Flughafen bestand ja weiterhin, aber Vitali und er würden die Suche geschickt gestalten und sich nicht erwischen lassen.

„Na, können wir los?" Vitali trank den letzten Schluck aus seinem Kaffeebecher. Alexej nickte. „Es wird eh nicht lange dauern!" Er zwinkerte Alexej spöttisch zu. Dann hielt Vitali inne und wandte sich an seinen Freund. „Wollen wir nicht erstmal hier oben im Flughafenbereich herumfragen? Vielleicht hat jemand etwas gesehen oder kann uns eine Auskunft darüber geben, ob alle Passagiere der Aeroflot Maschine nach Berlin am Sonntag vollzählig an Bord waren?"

„Vitali, das ist pure Zeitverschwendung! Außerdem würden wir wieder keine Auskunft bekommen. Eher im Gegenteil! Wir machen uns mit unseren Fragen verdächtig! Ich will keinen Ärger haben!"

Vitali nickte und sah auf seine Armbanduhr. „Na gut, dann los."

Am Ende der Abfertigungshalle führte eine steile Rolltreppe zur Metrostation Aeroport hinab. Schwungvoll betrat Vitali die Rolltreppe und hielt sich mit der rechten Hand am Handlauf fest. Nach wenigen Augenblicken bemerkte er, dass Alexej nicht hinter ihm auf der Rolltreppe stand. Erschrocken blickte er sich um und erkannte, dass sein Freund kopfschüttelnd am Fuß der Rolltreppe stand.

„Was ist los?", rief Vitali nach oben.

„Nichts, alles ist gut!", schrie Alexej zurück.

Er zögerte, doch dann überwand er sich, machte einen beherzten Schritt auf die silberne Stufe und hielt sich mit der rechten Hand am Handlauf fest. Schon jetzt konnte er den beißenden Geruch nach Schleifkohle, Imprägniermittel und Metall riechen, der immer intensiver wurde. Alexej spürte, wie sich sein Magen zusammenzog und ihn eine Übelkeit überkam. Bitte nicht! Er hielt sich die Hand vor Nase und Mund und blickte zur Seite.

„Du siehst aus wie eine Kalkwand!" Vitali stupste seinen Freund in die Seite und riss ihn aus seinen Erinnerungen. Sie standen jetzt mitten auf dem Bahnsteig und blickten sich um. Die Station wurde links und rechts von runden Säulen gesäumt, die mit dunkelgrünen rechteckigen Kacheln gestaltet waren. In der Mitte prangte auf jeder Seite auf den dunkelgrünen Fliesen über den Gleisen in schwarzen Lettern die Aufschrift Aeroport. Vitali blickte konzentriert auf seine schwarze Armbanduhr mit dem goldenen Zifferblatt.

„Offenbar ist gerade eine Metro abgefahren, denn es ist ziemlich leer hier. Das wird sich gleich wieder ändern." Er begann, mit großen ausladenden Schritten die Station auf ihrer gesamten Länge abzuschreiten, dabei hielt er sich die ganze Zeit nah an der Bahnsteigkante.

Alexej trottete langsam hinter Vitali her. Sein Puls raste und seine Handflächen wurden feucht. Dieser Geruch war unerträglich. Er wollte sich ablenken, sich auf die Umgebung konzentrieren, doch beim Blick auf die Gleise hatte er immer wieder wechselnde Visionen von einem verunglückten Metro Zug und von Anna, die hilflos auf den Gleisen lag. Sie waren viel intensiver als all die Male davor. Er war auf der richtigen Spur!

Erschöpft lehnte Alexej sich in der Mitte der Station mit dem Rücken an eine Säule und rutschte kraftlos nach unten. Schweißperlen glänzten auf seiner Stirn und sein weißes T-Shirt klebte am Oberkörper.

„Siehst du, hier ist alles ganz normal! Keine Spur von Anna! Hab ich´s dir nicht gesagt? Dann können wir ja wieder."

Abrupt wandte Vitali sich zu Alexej um. Erschrocken beugte er sich zu seinem Freund hinunter. „Was ist los mit dir?"

„Nichts … es geht schon", antwortete Alexej gequält.

„Offensichtlich nicht! Genug jetzt! Wir fahren wieder nach oben! Komm!" Er reichte Alexej die Hand, um ihm aufzuhelfen. Doch Alexej schlug Vitalis Hand weg und blieb auf dem Boden sitzen. „Wir müssen in den Tunnel hinein, um zur nächsten Station zu gelangen."

Vitali fixierte Alexej mit einem strengen und bösen Blick. „Verdammt nochmal: Nein, Alexej! Bis hierhin habe ich mich von dir breitschlagen lassen, aber jetzt ist Schluss! Wir kehren um. Hör endlich auf!"

Innerhalb kürzester Zeit hatte sich der Bahnsteig mit Menschen gefüllt, die ungeduldig hin und her liefen und auf die Ankunft der nächsten Metro warteten. Sie straften Alexej, der noch immer erschöpft auf dem Boden saß, mit abschätzigen Blicken.

„Du wolltest mir helfen! Aber wenn du nicht willst, gehe ich auch allein!" Alexej rappelte sich hoch. Um ihn herum schien sich alles zu drehen, ihm wurde schwindelig. Schnell stützte er sich mit der Hand an der Säule ab.

In diesem Moment fuhr die nächste Metro in die Station ein und die Menschenmenge drängte zu den Türen. Alexej wartete, bis alle

Passagiere eingestiegen waren und die Metro in den Tunnel fuhr. Als die Station leer war, erhob er sich, trat dicht an die Bahnsteigkante heran und kletterte hinunter. Dann wandte er sich um und lief in entgegengesetzter Richtung auf den Schwellen entlang in Richtung Tunnel.

„Alexej! Was machst du für einen Scheiß? Das ist lebensgefährlich! Komm sofort zurück!"

Doch Alexej kümmerte sich nicht darum, er hatte die Station schon hinter sich gelassen und war in den dunklen Tunnel hineingegangen. Um ihn herum lag eine bedrückende Finsternis.

Er blieb kurz stehen, holte sein Smartphone aus der Jackentasche und schaltete die Taschenlampenfunktion ein. Dicke schwarze Kabel verliefen waagerecht an den grauen Tunnel-Wänden. Zu beiden Seiten hingen in regelmäßigen Abständen schwarze Lampen, die Ähnlichkeit mit denen hatten, die früher im Bergbau verwendet worden waren. Die alten Lampen waren teilweise kaputt. Diejenigen, die noch funktionierten, flackerten und tauchten den Tunnel in ein gespenstisches Licht. Als Alexej auf die Gleise leuchtete, zuckte er zusammen. Unzählige Augenpaare von Ratten reflektierten das Licht der Taschenlampe.

Er setzte den Timer auf seinem Smartphone auf fünfzehn Minuten. Das würde ausreichen, um sich vor der Durchfahrt des nächsten Zuges rechtzeitig in Sicherheit zu bringen.

Vorsichtig setzte er seinen Weg durch den Tunnel fort. Im schwachen Lichtkegel, den sein Telefon erzeugte, sah er, wie die Ratten hastig in die Dunkelheit flüchteten. Weit hinter sich hörte er Vitalis Stimme durch den Tunnel schallen. Sollte er doch hinterherkommen und ihn bei seiner Suche unterstützen, anstatt ihm wüste Schimpfwörter, Drohungen und Flüche hinterher zu schreien. Er ließ sich nicht aufhalten und würde sowieso nicht umkehren. Sein Entschluss stand fest. Er würde die Suche fortsetzen.

Nervös blickte Alexej immer wieder auf sein Smartphone. Noch zehn Minuten.

„Verdammte Scheiße! Alexej, lass uns sofort umkehren!" Vitalis Stimme war dicht hinter ihm. Doch Alexej ignorierte die Aufforderung seines Freundes. Anna war hier unten! Er spürte es! In diesem Moment spürte er Vitalis harten Griff an seiner linken Schulter. Er riss Alexej fast zu Boden.

„Hey, was soll das?"

„Jetzt hör mir mal zu!"

„Lass mich doch in Ruhe, du Sack!"

Alexej riss sich los und stampfte weiter die Gleise entlang. Es war ihm egal, ob Vitali ihm folgte oder nicht. Denn so langsam verlor er die Geduld mit seinem besten Freund. Wieso redete Vitali ständig auf ihn ein, anstatt ihm bei der Suche zu unterstützen?

Der Tunnel wurde breiter und die Gleise teilten sich. Ein Gleis bog leicht nach rechts ab und verschwand in der Dunkelheit, das andere führte weiter geradeaus und in einiger Entfernung konnte Alexej die spärliche Beleuchtung und die Bahnsteigkante einer Metrostation erkennen. Unschlüssig blieb er an der Abzweigung stehen. Für eine reguläre Station war diese zu spärlich beleuchtet. Auch die Decke war zu niedrig und es fehlte die Stationsbezeichnung. Wo war er nur hingeraten?

Alexej war völlig durchgeschwitzt. Sein Puls raste. Es würde ihm wohl nichts anderes übrigbleiben, er musste nach rechts abbiegen. Warum genau es ihn dorthin zog, in die schier endlose Tiefe und Finsternis und nicht zu der hell erleuchteten Station am Ende des Tunnels, konnte er nicht erklären.

Was hatte er sich nur dabei gedacht, freiwillig in diese Unterwelt hinabzusteigen? Er ballte die Hand zur Faust und spürte immer mehr, wie erschöpft und müde er war. Seine Beine waren schwer, seine

Schritte wurden immer langsamer. Die schlechte Luft hier unten und seine Anspannung - das alles zehrte an seinen Kräften. Alexej brauchte eine Pause. Doch dafür blieb ihm keine Zeit. Er musste sich beeilen, eine Nische finden, in die er hineinkriechen konnte, bevor der nächste Zug durch den Tunnel fuhr. Noch fünf Minuten.

„Was ist los?"

Alexej zuckte zusammen. Vitali hatte ihn eingeholt und stellte sich ihm direkt in den Weg.

„Nichts!" Mit zittrigen Fingern knöpfte er sich das verschwitzte Hemd auf. Sein Herz hämmerte wie wild in der Brust.

„Siehst du jetzt ein, dass du komplett falsch liegst? Hier ist sie nicht. Warum sollte Anna auch ausgerechnet hier sein?"

„Vitali, du nervst. Hör auf zu meckern und halt endlich die Klappe! Komm, wir müssen weiter!"

Alexej schob seinen Freund zur Seite und ging auf wackeligen Beinen weiter. Dann hörte er es: Ein tiefes, grollendes Geräusch, das mit jedem Moment lauter wurde. Ein Vibrieren durchzog den Boden, und Alexej konnte das Summen der Metallräder auf den Schienen fast spüren. Der Zug war nicht mehr weit entfernt. Panik erfasste ihn und schnürte ihm die Kehle zu. Er wollte sich bewegen, wollte weglaufen, sich in

Sicherheit bringen, doch sein Körper war wie erstarrt. Das Geräusch wurde immer lauter und schwoll zu einem heulenden Dröhnen und unablässigen Donnern an. Die Luft zog sich zusammen und Alexej spürte, wie sich ein unsichtbarer Druck auf seine Brust legte. Ein schimmerndes metallisches Licht schnitt durch die Dunkelheit und malte groteske Schatten auf die Wände. Dann fluteten die Scheinwerfer des Zuges den Tunnel.

Alexej drehte sich um, nahm die Beine in die Hand und lief, die Angst trieb ihn und er vergaß für einen kurzen Moment seine Erschöpfung. Er schaute zur Seite - Vitali lief direkt neben ihm. In seinen weit aufgerissenen Augen war pure Angst zu erkennen.

Plötzlich sahen sie rechts in einer Nische einen Bretterverschlag. Sie steuerten direkt darauf zu und erreichten in letzter Sekunde die Tür, öffneten sie und sprangen hinein. Nur wenige Augenblicke später rauschte der Zug in einem ohrenbetäubenden Donnern an dem Verschlag vorbei. Der dünne Holzboden des Bretterverschlages vibierte.

Alexej lag keuchend auf dem Bauch und sein gesamter Körper schüttelte sich. Er schrie vor Angst, kniff die Augen zusammen und hielt sich die Ohren zu.

41 ALEXEJ

„Ist alles ok bei dir?"

„Ja sicher!"

„Verdammt nochmal, wir hätten sterben können!"

„Was willst du denn? Wir haben es doch noch rechtzeitig geschafft! Oder etwa nicht?"

„Das schon, aber sieh dich an, du bist ein Nervenbündel! Völlig fertig!"

„Ach halt die Klappe! Ich schaffe das!"

„Das sehe ich!"

„Jetzt hör endlich auf!"

„Nein, Alexej! Ich hätte es wissen müssen. Aber ich habe mich von dir zu dieser irrsinnigen Aktion breitschlagen lassen. Ich verstehe es nicht, warum wir uns so einer Gefahr aussetzen. Und ich habe keinen Bock mehr, Alexej! Mach deinen Scheiß doch alleine!" Vitali boxte seinen Freund unsanft in die Seite, dann richtete er sich auf, öffnete die Tür und ging kopfschüttelnd davon.

„Vitali!" Alexej sah seinem Freund nach. Dann blickte er an sich herunter. Aus seiner Hosentasche ragte ein kleines durchsichtiges Tütchen mit Ecstasy-Pillen hervor.

Alexej zögerte. Alles in ihm schrie danach, das Tütchen zu öffnen, nach einer Pille zu greifen und Ruhe in seinen Körper und seine Gedanken zu bringen. Mit Hilfe der Pille hätte er den Mut und die Stärke, weiterzumachen. Es war verführerisch und so verdammt einfach! Wieso sollte er nicht …

Nein! Er holte das Tütchen aus seiner Hosentasche, entleerte den Inhalt auf den Boden, trat energisch mit dem Fuß darauf und zermalmte die Pillen, bis nur noch ein feiner bunter Staub übrig war.

Dann rappelte er sich hoch und lief eilig zur Tür. Durch das unablässige Flackern der Baulampen sah er gerade noch, wie Vitalis Silhouette sich langsam in die Richtung entfernte, aus der sie gekommen waren. Alexej stand ratlos vor dem Verschlag. Was sollte er tun?

Nachdem er sich vorsichtig und ausgiebig umgesehen hatte, kam er zu dem Schluss, dass sie ein altes Depot entdeckt hatten, das entweder nur noch wenig oder gar nicht mehr von der Metrogesellschaft genutzt wurde. Denn: Nur wenige Schritte entfernt entdeckte er einen ausrangierten Zug auf einem Abstellgleis. Alexej ging näher heran und leuchtete mit seinem Smartphone durch die geöffneten Türen ins Innere. Die verschlissenen Sitze waren aus dunkelbraunem billigem Leder. Auf dem Boden lag Müll. Alles war von einer dicken Staubschicht überzogen. Poster von alten Liniennetzplänen und sozialistische Parolen klebten an den hellbraunen Wänden. Alexej erinnerte sich, dass dieses Zugmodell oft in seiner Kindheit eingesetzt wurde. Er lauschte und hörte plötzlich Schritte hinter sich. Vitali! Er war zurückgekommen!

„Vitali! Ist das nicht cool! Ein alter Zug aus unserer Kindheit! Schau doch mal!" Seine Worte hallten gespenstisch durch den leeren Zug. Keine Antwort. Alexej wandte sich um, doch er war allein. Es war niemand zu sehen. Merkwürdig! Er hatte doch Schritte gehört!

Ein ungutes Gefühl regte sich in seiner Magengegend. Er drehte sich um und verließ den Zug. Da fiel ihm ein größerer Bretterverschlag ins Auge. Die Tür stand offen. Sicher hatte Vitali sich dort drin niedergelassen. Bestimmt saß er in einer Ecke und wartete auf ihn. Der faule Sack! Alexej bewegte sich mit schnellen Schritten auf den Verschlag zu.

Plötzlich schoss ihm ein furchtbarer Gedanke durch den Kopf: Dies war ein optimales Versteck für einen Menschen, den man für einige Zeit verschwinden lassen wollte! Natürlich! Es passte mit seinen Visionen zusammen! Anna! Vielleicht gab es im Inneren Spuren von ihr! Er beschleunigte seinen Schritt und stolperte fast über die Schwellen.

Mit klopfenden Herzen erreichte er den Verschlag und griff mit zitternden Händen an die knarzende Brettertür und leuchtete mit seiner Taschenlampe hinein. Doch zu seiner Enttäuschung war der Verschlag leer. Vitali war nirgends zu sehen. Wo war er nur?

Die Ausstattung des Verschlages erregte jedoch Alexejs Neugier, denn es wirkte wie aus der Zeit gefallen. Offensichtlich wurde der Verschlag früher als Lager für die Mitarbeiter der Instandhaltung genutzt. Ein klappriger Holztisch stand direkt an der Wand, darauf lagen verstaubte Bücher mit technischen Zeichnungen von Gleisanlagen aus Sowjetzeiten. Über dem Tisch war ein Regal angebracht. Darauf stapelten sich zerfledderte und vergilbte Ordner. Überall lag dicker grauer Staub.

Auf einer einfachen Holzpritsche befand sich, etwas zu ordentlich zusammengelegt, eine löchrige Wolldecke. Von draußen drang durch die einzelnen Bretter das schwache Licht der Baulampen.

Alexej griff nach ein paar Büchern, die auf dem Holztisch lagen und blätterte durch die vergilbten Seiten.

„Vitali? Es ist ok, wenn du sauer bist! Ich verstehe dich!"

Keine Antwort. „Wo steckst du denn?" Verdammt, Vitali musste doch hier irgendwo sein. Hatte er seinen Freund so sehr verärgert, dass dieser allein zur Station gegangen war und ihn hier unten zurückgelassen hatte? Das konnte er sich nicht vorstellen. So etwas würde Vitali nicht tun. Außerdem war es zu gefährlich, den Tunnel in entgegengesetzter Richtung zur Station zu laufen.

Plötzlich entdeckte er Spuren auf dem Fußboden. „Vitali! Komm schnell her! Hier ist …"

Weiter kam er nicht, denn als er den Verschlag wieder verlassen wollte, war die Tür verschlossen. Er rüttelte an dem Griff, doch er konnte die Tür nicht mehr öffnen.

„Vitali? Was soll das? Willst du mir Angst einjagen?"

Keine Antwort. Stille.

Alexej wurde übel und er spürte, wie Panik in ihm hochstieg. Tief durchatmen sagte er sich. Er hatte es einmal in einem Buch zum Thema Überlebenstraining gelesen. Das richtige Atmen konnte in einer extremen Situation helfen, einen kühlen Kopf zu bewahren. Und tief einatmen bedeutete, neue Kraft zu tanken. Doch Alexejs Körper und Geist ließen sich nicht so einfach überlisten. Die Panik lähmte ihn und sein Herz raste.

„Vitali! Die Tür lässt sich nicht mehr öffnen! Wo bist du?"

War es vielleicht ein Versehen gewesen? War die Tür schon vorher hinter ihm zugefallen und klemmte das Schloss? Oder hatte Vitali wirklich die Tür abgeschlossen? Und wenn ja, warum? Oder war es vielleicht gar nicht sein bester Freund gewesen, der die Tür verschlossen hatte, sondern ein Fremder, der sich hier unten - aus welchen Gründen auch immer - herumtrieb? Aber wo war dann Vitali? Vor lauter Angst konnte Alexej keinen klaren Gedanken fassen. Er hörte etwas entfernt ein Geräusch, ein leises Zischen, und lauschte an der Bretterwand. Natürlich! Der nächste Zug!

Voller Panik rüttelte Alexej noch einmal an der Holztür, trat mit den Füßen mit aller Kraft dagegen. Doch sie öffnete sich nicht.

Das Zischen wurde immer lauter und schwoll schließlich zu dem ohrenbetäubenden Donnern an, dass Alexej inzwischen leidlich vertraut war. Nicht schon wieder! Panisch durchsuchte er seine Taschen nach einer Pille. Ja, er wollte damit aufhören, doch in diesem Moment wusste er sich nicht anders zu helfen. Tränen der Wut und der Verzweiflung traten ihm ins Gesicht, als ihm einfiel, dass er die letzten Pillen auf dem Boden des Bretterverschlages zermalmt hatte. Verfluchte Scheiße! Und jetzt?

Verzweifelt wischte er sich mit dem Handrücken die Tränen aus dem Gesicht und durchsuchte den Verschlag nach etwas, womit er sich betäuben konnte. Seine Landsleute hatten doch immer irgendwo Alkohol versteckt. Und dieser Verschlag bot dafür optimale Bedingungen. Ordner, Bücher, alte Öldosen - Alexej warf alles wild durcheinander. Doch bis auf eine leere Flasche mit einer durchsichtigen Flüssigkeit ohne Etikett fand er nichts.

Der Zug rollte mit einem lauten Donnern heran. Alexej schrie, stampfte mit den Füßen auf dem Boden und hielt sich die Ohren zu, Tränen traten ihm in die Augen. Verdammte Scheiße.

Ein lautes Rauschen, dann das unablässige Rattern der Räder auf den Gleisen. Der Zug fuhr dicht an dem Verschlag vorbei. Kurz darauf war es wieder still.

„Vitali! Vitali! Hilf mir!"

Alexejs Stimme war nur noch ein leises, angsterfülltes Flüstern. Er nahm die Hände von den Ohren, beugte sich nach vorn, stützte die Hände auf die Knie, da die Übelkeit plötzlich in ihm hochstieg und er das Gefühl hatte, sich nicht länger dagegen stemmen zu können. Er hustete und würgte. Sein gesamter Körper war schweißnass: Das Hemd klebte an seiner Brust und die Hose an seinen Beinen. Noch immer wusste er nicht, wo Vitali war. Wieso hatte sein Freund ihn hier unten allein gelassen? Hatte er selbst Angst und war davongelaufen?

Es dauerte eine Weile, bis Alexej realisierte, dass er sich selbst aus seiner misslichen Lage befreien musste. Langsam erhob er sich und klammerte sich dabei an dem wackeligen Holztisch fest. Das Licht, das spärlich von außen durch die Bretter auf den Boden fiel, begann plötzlich wild zu flackern. Kleine weiße Punkte tanzten wirr in Alexejs Augen und ihm wurde schwindelig.

Plötzlich hörte er ein Flüstern. Es musste von außerhalb des Vorschlages kommen. Oder bildete er es sich ein?

Alexej lehnte sich vorsichtig gegen die Tür und lauschte. Im nächsten Augenblick schnellte er zurück. Er hatte einen fremden Atem an seiner Wange gespürt und ein kalter Schauer lief ihm über den Rücken.

„Es kann dich niemand hören. Du wolltest ja unbedingt nach ihr suchen. Und das hast du jetzt davon!"

„Vitali? Hallo? Bist du das?"

Keine Antwort. Stille.

„Was soll das? Lass mich hier raus! Bitte!"

Doch die Stimme, von der er meinte, es sei die Stimme seines besten Freundes, antwortete nicht mehr.

Aus einiger Entfernung war das Herannahen des nächsten Metro Zuges zu hören. Eisen knirschte auf Metall. Diese Geräusche vermischten sich mit den traumatischen Erinnerungen aus seiner Kindheit. Ich will hier weg! Ich halte das nicht aus!

Alexej kauerte sich auf den Boden und schrie erneut auf. Doch im selben Moment hielt er inne, denn sein Blick fiel auf Annas silbernes Armband an seinem linken Handgelenk. Er trug es seit dem Abend, als er es auf der Datscha unter dem Sofa gefunden hatte. Vorsichtig berührte er das Silber mit Daumen und Zeigefinger und schloss die Augen.

Ich werde es schaffen, ich will das nicht mehr! Ich will mich nicht mehr betäuben! Ich will leben! Ich will keine Angst mehr haben! Ich will nicht mehr aus der Realität flüchten! Anna, ich liebe dich! Wo bist du?

Im nächsten Moment hörte er den Zug und riss die Augen auf. Durch die Zwischenräume der Bretterwand sah er, wie der blaue Metrozug mit hohem Tempo an dem Verschlag vorbeiraste und dann nach rechts abbog. Dann war es vorbei. Und er war wieder allein.

Mit dem Mut der Verzweiflung sprang Alexej vom Boden auf und warf sich mit seinem Körper gegen die Bretterwand. Dabei bemerkte er einige lose Bretter. Er trat einen Schritt nach hinten, holte Schwung und versetzte den morschen Brettern einen kräftigen Tritt. Nach einigen

Versuchen gab das Holz endlich nach und in der Bretterwand entstand eine Öffnung. Sie war ziemlich klein und an den Rändern von den scharfen Kanten der abgebrochenen Bretter gesäumt, aber sie war gerade groß genug, um sich mit etwas Mühe hindurchzuquetschen.

Doch gerade als Alexej sich hinunterbeugen wollte, um durch das Loch nach draußen zu gelangen, kam ihm der intensive Geruch nach Metall und Imprägnieröl entgegen.

Alexej prallte zurück auf den Boden. Oh Mann, was ist denn jetzt schon wieder los? Ich werde doch wohl durch dieses verdammte Loch kriechen können?!

Doch sein Körper war wie gelähmt. Dann fasste sich Alexej ein Herz, kroch auf allen Vieren zu der Öffnung und quetschte sich hindurch.

Dabei bohrten sich die scharfen Kanten in seine Rippen und streiften an seinen Oberschenkeln entlang. An seinem Hemd klebte Blut und seine Rippen schmerzten. Doch er hatte es geschafft!

42 ALEXEJ

Alexej holte sein Smartphone aus der Hosentasche und schaltete das Licht ein. Dann sah er sich um. Er stand mitten im Gleisbett und wusste nicht, in welche Richtung er laufen sollte. In einiger Entfernung, am Ende des Tunnels, sah er Licht und konnte vage eine Station erkennen. Auf wackeligen Beinen lief er einfach los, hielt sich mit der linken Hand die schmerzenden Rippen und folgte den Gleisen. Dabei blickte er sich immer wieder um, ob sich ein Zug näherte. Vitali war noch immer nirgends zu sehen. Alexej konnte sich nicht erklären, was passiert war. Hatte Vitali ihn in dem Verschlag eingesperrt oder jemand anderes? Und wenn es wirklich Vitali war: Warum?

Alexej lief weiter, kam jedoch nur langsam vorwärts. In einiger Entfernung hörte er plötzlich einen Knall. Was war das? Es klang wie ein Schuss aus einer Pistole. Blitzschnell zwängte Alexej sich in eine Nische in der Tunnelwand, in die er mit seiner hochgewachsenen Körperstatur gerade so hineinpasste. Sein Herz raste.

Was war hier los? Er hatte angenommen, dass er hier unten, abgesehen von Vitali, allein war. Doch offensichtlich trieben sich in den Tunnelgängen noch andere Gestalten herum. Geschahen hier unten in den endlosen Verzweigungen des U-Bahn-Netzes, verborgen von der Öffentlichkeit und der Polizei, brutale Verbrechen? Was sollte er tun? Er konnte sich hier nicht ewig verstecken.

Als sein Puls sich wieder beruhigt hatte, wagte Alexej sich aus der Nische heraus und schlich vorsichtig in Richtung Tunnelausgang.

In einiger Entfernung sah er, dass etwas auf den Gleisen lag. Beim Herankommen erkannte er, dass es eine Person war. Er erschrak und sein Herzschlag setzte für einen Moment aus. War es Vitali? Er beschleunigte seine Schritte. Doch als er nähertrat, atmete er für einen kurzen Moment auf. Bei der Person, die dort zu seinen Füßen auf den Gleisen lag, handelte es sich nicht um Vitali.

Alexej beugte sich zu dem leblosen Körper hinunter und wollte den Puls fühlen. Der Mann war tot. Sein hellblaues Hemd unter der dunkelblauen Uniformjacke war blutdurchtränkt. Er hatte blonde, kurzgeschorene Haare und trug eine dunkelblaue Uniformhose. Und er war sehr jung. Irgendwo hatte Alexej so eine Uniform schon gesehen und auch der Mann kam ihm irgendwie bekannt vor.

Ach ja, vor einigen Tagen am Flughafen Sheremetjevo. Der Mann hatte für den Sicherheitsdienst des Flughafens gearbeitet. Unsicher schaute Alexej sich nach allen Seiten um. Es war niemand zu sehen. Die Sache war eindeutig: für den Mann, der hier auf den Gleisen lag, kam jede Hilfe zu spät. Wer hatte auf ihn geschossen und warum? Was sollte er nun tun? Ihn einfach liegen lassen? Alexej überlegte fieberhaft und kam zu dem Schluss, dass er mit einem Mord nichts zu tun haben wollte und die Sache ihn nichts anging.

Er spürte ein seltsames Kribbeln im Nacken, das ihn warnte. Schnell wandte er sich ab und rannte los. Ein kalter, stickiger Luftstrom streifte sein Gesicht, als er sich in Bewegung setzte. Der Klang seiner Schritte hallte durch den Tunnel. Jeder Atemzug brannte in seiner Lunge, doch er hielt nicht an.

Endlich hatte er die Station erreicht und kletterte auf den Bahnsteig. Ängstlich schaute er zurück in Richtung Tunnel. Offenbar war ihm niemand gefolgt.

Er atmete erleichtert auf und schaute sich um. Wie er bereits vermutet hatte, war dies keine reguläre Station im Liniennetz der Metro. Die Station war - im Gegensatz zu den alten Metrostationen im Zentrum der Stadt, die mit ihren prachtvollen Kronleuchtern, leuchtenden

Marmorsäulen und glänzenden Bronzestatuen wie Paläste unter der Erde aussahen - aus grauem Beton und nur sehr spärlich mit alten Pendelleuchten ausgestattet. Außerdem waren keine Treppen zu sehen, die nach oben an die Oberfläche und zum Ausgang führten. Auch fand sich nirgendwo ein Schild, das auf den Namen der Station hindeutete. Es war so still, dass Alexej seinen eigenen Atem hören konnte.

Er seufzte. Offensichtlich war er in einer Sackgasse gelandet. Von hier aus fuhren keine Züge. Diese ganze Aktion war doch sinnlos und brachte ihn nicht weiter. Im Gegenteil, es passierten immer mehr Dinge, die er sich nicht erklären konnte: Wer war der Tote auf den Gleisen? Wo war Vitali? Wieso gab es noch immer keine Spur von Anna? Was hatte das alles zu bedeuten?

Plötzlich durchbrach ein markerschütternder Schrei die unheimliche Stille. Alexej erschrak. Das war Annas Stimme! Nein, das konnte nicht sein! Er lauschte noch einmal in die Stille. Nichts.

Alexej wollte sich schon einreden, dass er sich das alles nur eingebildet hatte und schüttelte energisch mit dem Kopf. Doch dann war ein erneuter Schrei zu hören.

Alexej rannte los, bis ans Ende des Bahnsteiges. Beherzt sprang er auf die Gleise und lief in den dunklen Tunnel hinein. Er passierte die Stelle, an der er kurz zuvor den leblosen Körper des jungen

Sicherheitsbeamten entdeckt hatte. Doch die Leiche war verschwunden.

Mit einem mulmigen Gefühl lief Alexej weiter. Wo war Anna?

43 ALEXEJ

Alexej lief bis zur Abzweigung zurück, das Licht der Taschenlampe tanzte unruhig über die Gleise. Plötzlich erstarrte er.

Eine weibliche Person lag mit geschlossenen Augen regungslos und gefesselt auf den Gleisen. Dieser Anblick brach ihm fast das Herz. Er konnte es nicht fassen. Er hatte richtig gelegen! Anna! Sie war es wirklich. Seine Vorahnungen hatten ihn nicht getäuscht, sie lag genauso da, wie er es in seinen Visionen vorausgesehen hatte.

„Anna!" Alexej beugte sich zu ihr hinunter und streichelte zärtlich ihre Wange. „Anna! Was ist mit dir?"

Aber sie antwortete nicht. War sie tot? Nein, sicherlich war sie nur betäubt.

Anna stöhnte leise. „Alexej!" Ihre Stimme war brüchig. Sie zitterte am ganzen Körper. Die Fesseln hatten sich bereits tief in ihre Handgelenke geschnitten. Ihre Kleidung, das rote Kleid und der helle Mantel, war zerrissen und schmutzig und in ihren weit aufgerissenen Augen sah er pure Angst.

„Warte, ich helfe dir! Wer hat dir das angetan?" Jetzt musste er schnell handeln. Er suchte die Umgebung ab, um etwas zu finden, womit er die Fesseln durchtrennen konnte. Im Bereich seiner Rippen spürte er einen heftigen, stechenden Schmerz, der ihm die Luft zum Atmen nahm. Doch er zwang sich, ignorierte die Schmerzen und suchte fieberhaft die Umgebung nach einem spitzen Gegenstand ab, um die Fesseln zu durchtrennen. Doch er fand nichts.

Der Verschlag! Dort hatte er alte Werkzeuge gesehen! Er rannte zurück. Plötzlich hörte er Schritte hinter sich. Sie wurden immer schneller und hallten durch den dunklen Tunnel und folgten ihm.

Alexej wagte es nicht, sich umzudrehen. Er lief schneller, doch die Schritte waren dicht hinter ihm. Dann verstummten sie mit einem Mal, scheinbar hatte er seinen Verfolger abgehängt. Kurz darauf erreichte er völlig außer Atem den Verschlag. Zu seiner Verwunderung stand die Tür offen. Alexej stürmte hinein, schaute sich voller Ungeduld um und entdeckte unter dem Tisch, in einer Holzkiste, eine Säge.

Er griff nach der Säge und wollte zurückrennen. Doch auf halbem Weg stolperte er und fiel ausgerechnet mit der schmerzenden rechten Seite auf die Schwellen. Er schrie auf, raffte sich mit Mühe wieder hoch und rannte so schnell er konnte zu der Stelle zurück, an der Anna auf den Gleisen lag. Er hatte sie fast erreicht, als ihn jemand unvermittelt an der Schulter packte und brutal zu Boden riss. Alexej fiel erneut auf die rechte Seite und blieb mit schmerzverzerrtem Gesicht auf dem Rücken liegen. Die harten Schwellen drückten in seinem Rücken.

„Du kannst ihr nicht helfen!" Vitali trat direkt über ihn und hockte sich hin. Seine Augen funkelten böse. Alexej erstarrte, der Schmerz in den Rippen war unerträglich. Fassungslos blickte er auf seinen Freund.

„Vitali? Was soll das?"

Alexej wollte sich aufrichten, doch Vitali hinderte ihn daran, seine Hände umschloss mit eisernem Griff Alexejs Handgelenke und drückten seinen Oberkörper wieder zu Boden.

Aus der Dunkelheit löste sich eine weitere Person und trat über ihn. Er hob den Kopf und traute seinen Augen nicht. Nadja stand mit einem höhnischen Grinsen zwischen seinen Beinen ausgestreckten Beinen.

„Du solltest nicht hier sein, Alexej!"

„Nadja? Was tut ihr hier? Was habt ihr mit Anna gemacht?"

Nadja beugte sich zu ihm hinunter. Er konnte den betörenden Duft ihres Parfums riechen, den er vor ein paar Tagen in einer ganz anderen Situation gerochen hatte. Und er spürte ihren heißen Atem in seinem

Gesicht, als sie ihm mit der Hand über die Wange strich.

Das alles war surreal und absurd. Sicherlich gab es eine Erklärung für das Verhalten der beiden. Doch die Geschehnisse in den letzten Augenblicken hatten ihn komplett überrollt. Alexej konnte die Situation nicht einordnen, sie verwirrte ihn und er konnte keinen klaren Gedanken fassen.

Nadja fixierte ihn mit einem kalten, bedrohlichen Blick: „Alexej! Du hast dich da in etwas verrannt. Anna ist nicht gut für dich! Und dämlich ist sie auch! Sie schafft es noch nicht einmal, in ein Flugzeug zu steigen und endlich zu verschwinden. Also mussten wir das hier selbst in die Hand nehmen. Pech nur, dass du die Alte wohl sehr in dein Herz geschlossen hast und scheinbar nicht von ihr loskommst. Es konnte niemand ahnen, dass du so besessen von ihr bist, dass du sie ausgerechnet hier unten suchst."

„Vitali?" Alexej warf einen flehenden Blick auf den Menschen, dem er in seinem bisherigen Leben am meisten vertraut hatte. Doch Vitali wich seinem Blick aus und schaute auf einen unbestimmten Punkt in der Ferne. Dabei drückte er Alexejs Handgelenke immer noch fest nach unten.

„Ja, auf den lieben Vitali kann man sich wirklich verlassen! Er war uns eine große Hilfe. Schließlich kennt er sich mit Metro-Anlagen aus. Nicht wahr Vitali?"

Vitalis Blick war kalt und leer. Nadja richtete sich auf, trat dicht an Vitali heran und streichelte ihm zärtlich den Arm. Dabei warf sie Alexej einen sarkastischen Blick zu.

„Aber das war nicht das erste Mal, dass man sich auf den lieben Vitali verlassen kann! Das hat er uns ja schon einmal vor sehr langer Zeit bewiesen. Doch leider ist das damals nicht so gut für dich und deine Familie ausgegangen. So ein Pech! Armer Alexej! Das tut uns natürlich schrecklich leid! Nicht wahr, Vitali? Das wolltest du deinem Freund doch schon lange erzählen!"

Nadja streichelte weiter zärtlich Vitalis Arm und stupste ihn dann sanft in die Seite.

Ein klagendes Wimmern hallte durch den Tunnel. Anna! Sie kam langsam zu sich! Alexejs Herz zog sich zusammen. Er wollte sich aufrichten, doch Vitali und Nadja drückten ihn brutal auf den Boden.

„Anna! Lasst mich endlich los! Was soll das?"

Alexejs Blick wechselte von Vitali zu Nadja hin und her. Er hatte schreckliche Angst. Sein Herz hämmerte wie wild in seiner Brust. Nadja bemerkte, dass Vitali zögerte.

„Komm schon, sag es ihm! Er muss es wissen!"

„Lasst mich los! Ich will zu Anna!"

„Noch nicht. Erst hörst du dir an, was dein bester Freund Vitali dir zu sagen hat."

„Ich will es nicht hören!"

„Das musst du aber!"

„Hört auf! Ihr tut mir weh! Das ist doch Wahnsinn! Lasst mich endlich los! Was habe ich euch getan? Ich muss zu Anna!"

Als in der Ferne das Herannahen eines Zuges zu hören war, richtete Nadja sich auf und trat an die Seite. Alexej riss die Augen auf. Doch Vitali rührte sich nicht. Er hielt Alexejs Handgelenke weiterhin fest umklammert. Sein Blick bohrte sich ausdruckslos in das Gleisbett. Als Vitali zu sprechen begann, erkannte Alexej seinen Freund nicht wieder. Mit einer kalten, mechanischen Stimme sagte Vitali: „Ich habe damals die Weiche mit einem Stein blockiert."

„Wovon redest du?"

„Damals - der Unfall!"

„Welcher Unfall verdammt nochmal?"

„Der Unfall, bei dem dein Vater ums Leben gekommen ist."

„Was?"

„Es war eine Mutprobe."

„Ich verstehe nicht … was du mir sagen willst! Es war ein technischer

Unfall! Und jetzt lass mich los! verdammt nochmal!" Alexej schrie und

wollte sich aus dem harten Griff befreien. Doch Vitali ließ nicht locker.

Er redete unaufhörlich weiter, als führe er einen Monolog.

„Ich wollte cool sein in meiner Clique, endlich dazugehören. Ich konnte

doch nicht ahnen, dass der Stein als Störfaktor vom System nicht

erkannt wird. Doch das gesamte System war und ist immer noch alt,

alles ist marode. Ich wollte doch nicht, dass dein Vater stirbt! Ich wusste,

dass er an diesem Abend Dienst hatte. Doch ich ahnte nicht, dass auch

du an diesem Tag in dem Zug mitfahren würdest. Davon hast du mir

auch nie etwas erzählt."

„Warum hast du das getan?" Alexejs Stimme überschlug sich.

Fassungslos und mit Tränen in den Augen starrte er auf seinen Freund.

„Ich mochte deinen Vater nicht und wollte ihn nur ein wenig

erschrecken. Er war immer so unfreundlich zu mir und störte uns, wenn

wir auf der Datscha etwas feiern wollten. Er ließ uns nie allein mit

unseren Freunden, wollte immer dabei sein. Es tut mir leid, Alexej! All

die Jahre wollte ich es dir sagen."

„Du elender Drecksack! Ich habe dir immer vertraut!"

Vitali löste den Druck auf Alexejs Handgelenken und erhob sich. So gut es ging rappelte sich Alexej auf, holte aus und schlug Vitali zu Boden. Vitali taumelte, fiel dann mit dem Kopf auf die Schwellen und blieb bewusstlos auf den Gleisen liegen.

Annas Wimmern wurde immer lauter und schwoll schließlich zu einem wehklagenden Schrei an. Es vermischte sich mit dem lauter werdenden Grollen des herannahenden Zuges.

Alexej sackte in sich zusammen. Die Schmerzen in der Rippengegend waren inzwischen so stark, dass er kaum mehr aufrecht stehen konnte. Schnell schaute er sich um, ob von Nadja eine Gefahr ausging. Doch sie lehnte lässig an der Tunnelwand und beobachtete ihn.

Alexej nahm die Säge, die neben Vitali auf den Gleisen lag, und machte sich humpelnd auf den Weg zu Anna. Er musste sie retten und wenn es das letzte wäre, was er tun würde, denn er wollte sie nicht noch einmal verlieren. Doch Alexej kam nicht weit. Er fühlte sich schwach und völlig erschöpft. Schweiß rann ihm in Rinnsalen über den Rücken.

„Du kannst sie nicht retten!" Nadja lachte böse. Sie war Alexej gefolgt und stand jetzt direkt neben ihm.

„Und ob ich das kann", keuchte Alexej. Er musste Nadja loswerden.

„Gib es endlich auf!" Nadja fixierte Alexej mit einem eisigen Blick. „Sie ist nicht die Richtige für dich!"

„Und deswegen tust du ihr solche grausamen Sachen an?"

Das Rattern der Räder auf den Gleisen hallte durch den Tunnel. Alexej blieb nicht mehr viel Zeit, bis der Zug diese Stelle passieren würde. Er lehnte mit dem Kopf an die Tunnelwand. Er war verzweifelt und am Ende seiner Kräfte. Dann versuchte er, sich langsam hochzustemmen. Doch seine Beine gaben nach und er brach immer wieder zusammen.

„Warum tust du das, Nadja?", äffte sie ihn nach. „Weshalb wohl, Alexej? Bist du blind? Kapierst du es nicht? Weil ich dich liebe! Und das schon sehr lange! Und ich will dich nur für mich allein!"

„Ich fasse es nicht!"

„Wir passen viel besser zusammen. Was willst du mit dieser Schlampe? Dieser langweiligen Trulla? Ich liebe dich, Alexej! Und du liebst mich! Ich weiß es! Du hast es mir vor ein paar Tagen ins Ohr geflüstert, als wir uns auf der Datscha geliebt haben. Alexej, verstehst du nicht: Uns beide verbindet so viel, wir sind uns so ähnlich, wir beide sind Draufgänger, Unangepasste, Abenteurer und Träumer. Wir überschreiten gern Grenzen, gehen volles Risiko und wollen das Leben voll auskosten. Wir machen einfach unser Ding und achten nicht auf andere. Das versteht nur jemand, der genauso tickt, wie du und ich!"

Alexej schüttelte den Kopf. „Das stimmt nicht."

„Du wirst schon sehen."

Endlich gelang es Alexej, sich aufzurichten. Auf wackeligen Beinen stand er jetzt vor Nadja. Sie wollte seinen Kopf in beide Hände nehmen, um ihn zu küssen.

„Ich liebe dich Alexej. Und du liebst mich auch!"

Er riss sich los und versetzte Nadja einen heftigen Stoß. Sie taumelte nach hinten, ruderte wild mit den Armen, verlor das Gleichgewicht und stürzte. Dabei schlug sie mit dem Kopf gegen die Tunnelwand, rutschte nach unten und blieb regungslos liegen.

Alexej kroch auf allen Vieren zu der Stelle, an der Anna auf den Gleisen lag.

44 ALEXEJ

Alexej kniete sich neben Anna und begann unvermittelt, die Fesseln an den Hand- und Fußgelenken mit der Säge zu durchtrennen. Anna rührte sich nicht. Ihr Blick war starr nach oben gerichtet.

„Anna, hab ein wenig Geduld! Alles wird gut! Aber wir müssen uns beeilen!"

Anna war noch immer benommen. Sie murmelte etwas, das er nicht verstand. Er beugte sich tiefer hinunter und spürte ihren Atem an seiner Wange. Der nächste Zug würde bestimmt bald durchfahren, dachte er.

„Ich werde sterben, Alexej!"

„Nein, das wirst du nicht! Zumindest nicht hier und heute. Kannst du aufstehen?"

„Nein, ich habe keine Kraft und spüre meine Beine nicht!"

„Warte, ich helfe dir!"

„Aber der Zug! Es ist zu spät! Wir schaffen es nicht!", schrie sie angsterfüllt.

„Genau so ist es!" Alexej blickte nach rechts und sah Vitali direkt in die Augen. Er kann uns helfen, schoss es ihm durch den Kopf.

„Vitali! Bitte hilf mir! Wir müssen Anna vorsichtig hochheben."

Vitali reagierte nicht. Sein Blick war böse, seine Augen blitzten. „Was hast du Nadja angetan? Du hast sie umgebracht!"

„Woher willst du das wissen?"

„Du elender Mistkerl! Sie ist tot! Wie konntest du nur?"

„Vitali, bitte! Wir haben keine Zeit mehr! Der Zug!"

„Wir haben genug Zeit! Ich habe die Weiche manipuliert! Es war so einfach, ein Kinderspiel, die Technik ist alt und leicht zu manipulieren. Der Zug wird auf ein anderes Gleis umgelenkt."

„Ich glaube dir nicht!"

In diesem Moment zog Vitali ein Messer aus seiner Jacke und richtete es auf Alexej. „Das werde ich dir nie verzeihen!"

Unvermittelt ging Vitali zum Angriff über und versetzte Alexej einen tiefen Schnitt in den Arm. Doch er spürte seine Verletzung in diesem Moment nicht.

„Ich will nicht mit dir kämpfen!"

„Ich will nicht mit dir kämpfen", äffte Vitali Alexej nach. Vitali fuchtelte weiter wild mit dem Messer herum. Alexej reagierte blitzschnell, holte aus und schlug Vitali das Messer aus der Hand. Dann setzte er nach und trat ihm mit ein paar heftigen Kicks gegen den Kopf und in die Magengegend.

Mit dieser heftigen Gegenwehr hatte sein Freund offenbar nicht gerechnet. Vitali sackte zu Boden. Ein keuchendes Geräusch entwich seinen Lippen, während er verzweifelt versuchte, sich aufzurichten. Doch sein Körper gehorchte nicht mehr.

Im Augenwinkel sah Alexej die Scheinwerfer des herannahenden Zuges. Wenn Vitali die Wahrheit gesagt hatte, würde der Zug beim Überfahren der Weiche das Gleis ändern.

Doch er vertraute den Aussagen seines Freundes nicht und griff nach Annas Hand. Sie raffte sich auf. Dann humpelten sie los. Sie konnten schon ein Stück der Bahnsteigkante sehen. Doch würden sie es auch bis dorthin schaffen?

Der Zug rauschte mit einer hohen Geschwindigkeit geradeaus über die Weiche, dabei überrollte er Vitalis Körper, schleifte ihn einige Meter mit und raste dann direkt auf die Station zu.

In letzter Sekunde hob Alexej Anna nach oben auf die Bahnsteigkante und versuchte dann, ebenfalls auf den Bahnsteig hinaufzuklettern. Doch er schaffte es nicht, sich bis zur Bahnsteigkante hochzuziehen. Er rutschte immer wieder nach unten. Nur noch ein paar Sekunden und der Zug würde ihn mit voller Wucht mitreißen. Mit letzter Kraft unternahm er noch einen Versuch, sich auf den Bahnsteig zu retten.

45 ALEXEJ

Plötzlich war alles still. Alexej lag bäuchlings auf dem Bahnsteig und wagte es nicht, nach unten auf die Gleise zu schauen. Er würde den Anblick nicht ertragen.

Was sollte von jemandem übrig bleiben, dessen Körper von einem Zug mitgeschleift und überrollt worden war? Wie hatte es so weit kommen können? Sie waren doch Freunde! Doch scheinbar war alles nur Lug und Trug gewesen. Alexej konnte es nicht begreifen.

In den letzten Stunden war so viel geschehen, es hatte sein Leben und seinen Glauben an das Gute in der Welt komplett auf den Kopf gestellt. Warum war dies alles passiert? Und warum hatte er sich so in seinem besten Freund täuschen können? Und Nadja? Was hatte sie all die Jahre hinter ihrer freundlichen Fassade verborgen? Er schlug die Hände vors Gesicht.

„Alexej!"

Langsam drehte er sich um und erhob sich. Anna sah mitgenommen aus, die roten Locken klebten schweißnass am Kopf und ihr roter Mantel hing in Fetzen an ihr herunter.

Sie standen sich für einen kurzen Augenblick schweigend auf dem menschenleeren Bahnsteig im spärlichen Licht gegenüber.

Dann breitete er langsam die Arme aus. Anna warf sich in seine Arme, schmiegte sich an ihn und verbarg ihr Gesicht an seiner Schulter. Sie begann hemmungslos zu weinen.

Alexej hielt Anna fest und fühlte, wie er heilte. Er würde sie nie mehr loslassen. Es würde nicht einfach werden, aber er war auf dem besten Weg, die Vergangenheit endlich hinter sich lassen, die Finger von den Drogen lassen und ein neues Leben zu beginnen.

Als Anna sich beruhigt hatte, löste er sich von ihr und schaute ihr tief in die Augen.

„Woher wusstest du, dass ich hier bin?"

„Das ist eine lange Geschichte!"

Alexej streifte das silberne Armband von seinem Handgelenk und reichte es ihr. „Es gibt da etwas, was ich dir unbedingt zurückgeben wollte."

Annas Augen füllten sich mit Tränen, als sie zitternd die Hand nach dem Armband ausstreckte. „Mein Armband! Wie…?" Mit fragenden

Augen schaute sie ihn an.

Alexej hielt ihre Hand und lächelte. „Auch das ist eine lange Geschichte! Aber wichtig ist doch, dass dieses Armband uns wieder zusammengeführt hat. Ich hoffe, du erinnerst dich noch, zu welchem Anlass ich es dir geschenkt habe."

„Ja natürlich. Es war letzten Sommer zum Jahrestag. Wir waren im Gorki Park und hatten uns ein Boot ausgeliehen und ruderten zusammen über den See. In der Mitte hielten wir an und du hast mir das Armband geschenkt. Das war so romantisch", stammelte Anna. Sie sahen sich tief in die Augen. Die Zeit schien stehenzubleiben. Doch er konnte ihrem Blick nicht lange standhalten und schaute auf ihre Hände und das Armband.

„Anna, ich weiß, dass es in der Vergangenheit schwierig mit mir war. Aber ich …"

„Alexej … wir haben doch darüber gesprochen."

„Ich weiß, aber bitte lass mich weiterreden. Ich bin dabei, alles in Ordnung zu bringen. Ich liebe dich, Anna! Und ich will nicht ohne dich sein. Du hast mir so sehr gefehlt. Bitte lass es uns noch einmal versuchen. Du bist mein Leben! Du bist mein Hafen und mein Anker, du passt auf mich auf und du hast mir so viel Kraft gegeben! Du bist der einzige Mensch, der mich so nimmt, wie ich bin und du hast immer an mich geglaubt! Die Zeit mit dir war wunderschön. Ich Idiot habe das alles erst jetzt eingesehen. Ich weiß jetzt, dass es kein Zeichen von Schwäche ist, sich dem Menschen, den man liebt, anzuvertrauen. Doch ich hatte zu viel Angst vor deiner Reaktion, wenn ich dir von dem Tod meines Vaters und von meinen Albträumen erzähle. Ich wollte damit niemandem zur Last fallen und allein damit fertig werden. Doch ich weiß jetzt, dass ich viel stärker bin als meine Angst und ich bin fest davon überzeugt, dass ich es schaffen kann, das Trauma vom Tod meines Vaters zu überwinden und mein Leben ohne Drogen zu meistern. Ich werde um uns kämpfen, denn ich will wieder mit dir glücklich sein, Anna!"

Alexej hob ihr Kinn an und zwang sie, ihn anzusehen. In ihren Augen sah er Liebe und Hoffnung. Seine Hände zitterten leicht, als er ihr Gesicht in beide Hände nahm und ihr tief in die Augen sah. Dann beugte er sich langsam zu ihr hinunter und küsste sie, sanft und zart. Alexej zog Anna näher an sich heran. Er genoss es, ihren Körper ganz dicht an seinem zu spüren und eine Welle der Geborgenheit durchströmte ihn. Endlich. Es war ein Gefühl von nach Hause kommen. Anna lag in seinen Armen und lächelte. Sie war noch sehr schwach.

Noch immer spürte er den Drang, sie zu beschützen, spürte das unaufhörliche Pochen in seiner Brust, das von der Angst kam, sie wieder zu verlieren. Doch sie war hier, in seinen Armen, sicher und lebendig. Völlig in diesem Moment versunken, schloss er die Augen. Ihre Wange lag an seiner und ihre weichen Locken kitzelten an seinem Kinn und in der Nase. Seine Finger zogen kleine, sanfte Bahnen über ihren Rücken.

„Ich habe dich vermisst", flüsterte er, seine Stimme klang rau und doch voller Gefühl. Sie nickte, schmiegte sich mit einem leisen Seufzen noch fester an ihn und schloss die Augen.

„Warte, ich falle!", flüsterte sie leise und taumelte leicht zur Seite.

„Keine Angst, ich halte dich. Und ich lasse dich nie wieder los!"

Doch im nächsten Augenblick spürte Alexej einen heftigen Stich im Oberschenkel.

45 ANNA

Sie lag in seinen Armen und spürte, wie seine Hände über ihren Rücken streichelten. Liebevoll und voller Gefühl. Anna wollte für immer in diesem Augenblick bleiben. Sie fühlte sich angekommen und ihr wurde schlagartig bewusst, dass sie nichts anderes wollte, als mit ihm ihr Leben zu teilen. Sie würden für alles eine Lösung finden. Das war jetzt nicht wichtig. Was zählte, war dieser Moment und er fühlte sich unglaublich gut an.

Doch dann brach die Berührung abrupt ab. Ein Zucken, ein leises Stöhnen - fast unmerklich. Etwas, das sich wie ein Schatten über sie und Alexej legte. Anna öffnete die Augen. Als sie nach unten sah, stockte ihr der Atem.

Nadja kniete unter ihr am Boden, ihre Hände zitterten. In ihrer rechten Hand hielt eine Spritze, deren Nadel sie mit letzter Kraft in Alexejs Oberschenkel bohrte. Ihre bösen Augen blitzten. Dann brach sie zusammen und blieb reglos am Boden liegen. Ihre Augen waren glasig.

"Nein!" schrie Anna. Doch der Schrei kam erst spät, wie verzögert.

Alexej war blass. Seine Augen waren weit aufgerissen und voller

Schmerz. Er ließ Anna unvermittelt los und wand sich vor Schmerzen.

Seine Arme, die sie eben noch gehalten hatten, hingen jetzt schlaff

herunter. Sein gesamter Oberkörper klappte nach unten.

"Alexej!" rief Anna verzweifelt und versuchte, ihn zu stützen. Doch sie

schaffte es nicht. Langsam sank er zu Boden und die Welt, die Station

um sie herum, begann zu verschwimmen.

"Was hast du getan?"brüllte sie. Doch Nadja lag da, regungslos, als

wäre sie selbst eine leere Hülle. Neben ihr lag das Etui, aus der sie die

Spritze entnommen hatte.

Annas Blick ging zurück zu Alexej, der immer schwächer wurde. Sein

Anblick riss Anna aus der Ohnmacht, die sie zu überwältigen drohte.

Die Spritze. War es Gift? Sie musste handeln und gegen das

Durcheinander in ihrem Kopf ankämpfen. Schnell! Doch sie war wie

gelähmt. Die Zeit lief gegen sie. "Alexej", stieß sie hervor, als er

mühsam die Augen öffnete und sie ansah. Schmerzverzerrt, doch voller

Liebe.

Die Dunkelheit legte sich langsam über seine Augen.

"Bleib bei mir! Du musst stark sein! Du schaffst das! Bitte Alexej! Du musst es schaffen! Ich brauche dich!", flehte sie immer wieder. Weinend kniete sie neben ihm und schlang ihre Arme um seinen Oberkörper, versuchte ihn mit aller Kraft aufzurichten. Doch es gelang ihr nicht. Nach mehreren erfolglosen Versuchen legte sie erschöpft den Kopf auf seine Brust.

"Bitte", betete sie in Gedanken. "Bitte verlass mich nicht!"

Alexej´s Augen schlossen sich und sein Atem wurde immer schwächer.

"Neeein!!" Sie würde ihn nicht aufgeben. Sie durfte es nicht. Nicht noch einmal.

EPILOG

Der helle Vollmond tauchte den Eingang der Metro Station in ein blasses, beinahe unwirkliches Licht. Ein feiner Nebel hing in der Luft, während die Sirenen der Rettungskräfte in der Ferne verhallten.

Anna saß auf einer der Metallbänke, die Reste ihres Mantels, der nur noch in Fetzen an ihr herunterhing, eng um sich geschlungen. Ihre Hände zitterten, doch ob vor Kälte oder vor Schock, konnte sie nicht sagen. Alexej lag in einem Krankenwagen, seine Lebenszeichen instabil, aber vorhanden. Das Gift, das Nadja ihm injiziert hatte, war stark, doch die Ärzte gaben ihm eine Chance - eine kleine, aber immerhin eine.

Ein Leichenwagen fuhr vor und Nadja's lebloser Körper wurde in das Innere des Wagens geschoben. Fassungslos verfolgte Anna die Szene, die sich so nah und doch so unwirklich vor ihren Augen abspielte. Die Polizei würde sicher noch mit vielen Fragen auf sie zukommen.

In den Stunden, die folgten, dachte sie an die Momente, die sie und Alexej einst geteilt hatten - an die Leidenschaft, die Zerrissenheit und die Hoffnung, die immer wieder aufkam, nur um von der nächsten

Enttäuschung erstickt zu werden. Doch dieses Mal hatte Alexej ihr die Wahrheit gezeigt: Er wollte kämpfen, nicht nur um sie, sondern auch um sich selbst.

Als der Morgen anbrach, wagte Anna sich ins Krankenhaus. Ihre eigenen Verletzungen waren schnell versorgt und der Schmerz an den Handgelenken und im Rücken war erträglich.

Kurze Zeit später öffnete sie leise die Tür zum Krankenzimmer. Alexej lag blass und erschöpft im Bett, doch seine Augen öffneten sich, als sie eintrat. Ein schwaches Lächeln huschte über seine Lippen.

"Ich hab's versprochen", flüsterte er. "Ich kämpfe."

Sein Blick war intensiv, fast schmerzhaft ehrlich. Anna sah darin die Erinnerung an vergangene Zeiten, an gemeinsam geteiltes Lachen und leise Momente voller Nähe. Sie spürte, wie ihr Herz schneller schlug. Sein Blick hielt sie gefangen, als würde er all die Worte aussprechen, die er nicht wagte, laut zu sagen. In seinen Augen lag Sanftheit, aber auch eine tiefe Sehnsucht. Er sah sie an, als wäre sie das Einzige, was in dieser Welt für ihn von Bedeutung war. Sie erwiderte seinen Blick, ließ ihn in ihr Innerstes blicken, ohne Angst, ohne Zweifel.

Sie setzte sich an seine Seite und nahm seine Hand. "Dann lass uns gemeinsam kämpfen."

Das Krankenzimmer, die Welt um sie herum schien in diesem Moment zu verblassen, während sie nur da saßen und einander mit einem Blick ansahen, der mehr sagte, als Worte je hätten ausdrücken können - Vergebung, Hoffnung und die neu entfachte Liebe, die sie beide längst verloren geglaubt hatten.

Draußen erwachte die Stadt zu einem neuen Tag. Und während die Schatten der Vergangenheit sie noch verfolgten, hatten Anna und Alexej sich entschieden, der Dunkelheit entgegenzutreten - gemeinsam, Schritt für Schritt.

Danksagung

Ein herzliches Dankeschön geht an alle, die bei der Entstehung meines ersten Romans immer an meiner Seite waren und mich motiviert und inspiriert haben: mein Mann Christian, meine Eltern Werner und Tamara Mützelburg, meine wunderbaren Freunde Alexander Wilkes, Lucienne Haberkorn, Anja Sammt, Bianca Thonagel und natürlich mein Tutor und Lektor Michael Krause.

Ohne unsere Kaffeerunden, Turnhallengespräche, eure offenen Ohren und Inspirationen, eure Antworten auf all meine neugierigen Fragen und eure unerschütterliche Unterstützung und Motivation wäre dieses Buch niemals entstanden.

Danke, dass ihr immer an mich geglaubt habt und jeden kleinen Erfolg auf diesem langen Weg mit mir gefeiert habt! Das berührt mich sehr! Ihr seid die Besten!

Irena Osterland

Über die Autorin

Irena Osterland wurde Anfang der 1980er Jahre in Schönebeck/Sachsen-Anhalt geboren. Sie studierte International Administration and Management und arbeitet in der Administration eines Forschungsinstitutes.

Klettertouren, Volleyball, Sprachreisen und Begegnungen mit Menschen inspirieren sie zu immer neuen Geschichten.